LA PEINETA CALADA

Cirilo Villaverde

Sitio web : http://culturea.fr
Impresión: BOD - Books on Demand
(Norderstedt, Alemania)
Correo electrónico : infos@culturea.fr
ISBN :9791041810727
Depósito legal : abril 2023

I

No se figure el lector por el título que hemos dado a esta historia, que vamos a introducirlo en uno de aquellos talleres de peinetería, tan numerosos aquí, en tiempos que la peineta era el primer adorno de la cabeza de nuestras damas y en que la concha de carey constituía uno de nuestros pocos ramos de industria. Muy lejos de eso, queremos que el amigo lector nos acompañe a uno de los barrios más silenciosos y tristes de esta ciudad, donde no se oyera ni se ha oído nunca el martillar del platero, ni el golpear del zapatero, ni el crujir de las telas entre las cortantes tijeras del mercader.

Así como las ciudades marítimas en contacto con otras ciudades extranjeras no son las más convenientes para estudiar las costumbres e índole de los pueblos, del mismo modo los lugares públicos, no son los más a propósito para comprender la vida íntima de una sociedad. Toda población es un gran teatro: los mercados, los tribunales, las plazas, los paseos, los salones filarmónicos, todos los sitios, en fin, donde el hombre se ostenta como verdugo, como víctima, o como espectador, no son otra cosa que el proscenio -muy diferente es en verdad la escena, el papel que representa en la trastienda, en el gabinete, o en chiribitil-: porque al hombre particular sucede lo contrario que al verdadero actor de una comedia o un drama. Éste, aun cuando ante el público se desnudara del traje con que se había disfrazado, quedaba siempre actor. Pero el hombre no. En la escena del mundo, su disfraz no consiste precisamente en los vestidos más o menos costosos que viste, sino en la expresión que por conveniencia, o por hábito o índole, da a su fisonomía, y con la que se presenta a tejer la tela de la vida.

Con los barrios acontece otro tanto. Aquellos en que la actividad del comercio y la industria atrae gran concurrencia, por lo regular no ofrecen sino cuadros exteriores de la vida humana, si podemos expresarnos así, proscenios donde se representa el drama de aquélla. Para, seguir el hilo del corazón que sufre, que ambiciona, codicia, gime o goza, es preciso internarse en el hogar doméstico, en los barrios apartados, donde el círculo vital se estrecha y donde el hombre abandona el disfraz moral y material que llevó en el mundo.

Por eso, nunca hemos paseado los recintos de esta ciudad sin sentir una opresión indefinible en el pecho: la oscuridad, el silencio, el desamparo del sepulcro, en contraposición, el brillo de millares de luces, el hormigueo de innumerables hombres que van y vienen, entran y salen de las casas llenas de telas, de joyas, de flores, de oro y plata, que se ven en los barrios animados por el comercio y la industria. ¡Cuántas escenas de odio y de venganza, de amor y de lascivia en aquellos lugares, que nadie presencia, ni pinta! ¡Cuántos dramas patéticos o terribles consumados en una noche, en un día, en un mes, en un año que no llegan a noticia de la sociedad, sino a medias, y eso cuando la catástrofe mete mucho ruido!

Pero no divaguemos, que esto más parece prólogo que cuento. Por hoy deseamos que el lector nos acompañe breve rato al barrio de Paula, de la Merced, o de Campeche, su genuino nombre: el paseo será, lo prometemos, entretenido, al menos procuraremos que lo sea, para el que tenga la humorada de leernos; vamos a trazar una escena doméstica: nuestra pluma será la vista mágica, que la ponga ante sus ojos, que le abra la puerta de la casa donde acontece, y aun el pecho de las personas que en ella figuran.

Nuestro lector sabrá -sí, sin duda, lo sabe-, que la calle que corre del punto nombrado el Aserradero a los muros del convento de Paula, describe una pequeña curva y que a medida que la muralla se va elevando, van levantándose también las casas del recinto, como para no quedar oscurecidos bajo de ella. Pues bien, casi todas estas casitas son de alto, con la particularidad que este piso por lo regular está independiente del bajo, y que suelen alquilarse a distintas familias, pues que para su comunicación con la calle tienen una escalera de piedra, abierta en la pared exterior. Los pisos altos no dejan de brindar algunas comodidades, porque fuera del comedor, que suele ser bastante espacioso, tienen una sala, dos o tres cuartos, formando martillo, una pequeña azotea interior, y otros escondrijos, para cocina, etc.: y lo que vale más que todo eso, su balconcito, desde el cual se goza una vista completa, panorámica, del mar, de la opuesta ribera, y verdes campiñas, del castillo de Atarés, del caserío del Cerro, Jesús del Monte y Jesús María con parte del Arsenal y puente de Chávez.

En el dicho balcón de una de esas graciosas casitas, al caer de la tarde de un fresco día de invierno, se hallaba una joven, al parecer de veinte años de edad, y con la cabeza suavemente apoyada en el pilar de madera que sostenía el guardapolvo del balcón. A primera vista, su actitud parecía indicar que tenían robada su atención la puesta del Sol, entre soberbias nubes de grana y los objetos que antes hemos descrito, tan pintorescos y bellos a aquella hora del día; pero con reparar un poco en sus ojos grandes, negros y apasionados, fácilmente se vendría en conocimiento, que los tenía clavados en la bocacalle inmediata, por donde sin duda esperaba que asomara de un momento a otro alguna persona querida, o cosa semejante. Por su inmovilidad y su cuerpo alto y delgado, cualquiera la hubiera creído antes sombra que individuo humano. Tenía el cabello negro como los ojos, sujeto el de adelante con pequeños peines de carey y la trenza bastante copiosa, con otro peine de la misma especie en forma de caracol, cuyo nombre les daban en la época a que nos referimos: vestía casualmente entonces, túnico blanco, y al cuello traía un pañuelo de seda oscuro, que hacía peregrino contraste con el color de aquél, y contribuía a darle la apariencia de sombra o estatua de la melancolía.

Que estaba ella triste e interiormente agitada, no se puede negar: para convencerse de ello, bastaría fijarle la atención en el seno, que como las olas del mar, cuando anuncian borrasca, ya se alzaba, ya se comprimía, cada vez con más violencia. ¿Pero de qué procedían su tristeza e inquietud? ¿Qué quería aquel corazón de mujer, a quien venía al parecer estrecho el pecho donde se albergaba?

Las horas volaban, el sol se hundió en su lecho de oro, las nubes desaparecieron a impulso del suave viento del norte que en aquella sazón soplaba, el firmamento se pobló de estrellas diamantinas, y todavía la joven permanecía en el balcón y conservaba la misma actitud. Por lo común cuando llegaba la noche en ese barrio, eran muy contadas las personas que cruzaban sus calles, y si hacía frío, con tanto más motivo, porque casi todos los vecinos cerraban sus puertas desde las oraciones o el Ave María, y los faroles, al menos en el tiempo de que hablamos, o emitían una luz demasiado escasa o se apagaban con la mayor facilidad.

En la esquina inmediata a la casa donde se hallaba nuestra melancólica joven había uno de los dichos faroles, colgando de su pescante de hierro, que además de tener todos sus vidrios empañados de humo, bamboleábase a guisa de ahorcado y apenas daba luz para alumbrar la bocacalle. Sin embargo, algunas veces, cuando el viento le dejaba quieto un instante, derramaba en torno de sí ráfagas y aureolas rojizas, que desde veinte pasos, podrían servir para divisar las pocas personas que pasaban por debajo de él.

En efecto, cosa de las siete, un hombre de chupa de lienzo y sombrero negro, dobló la esquina y la luz del moribundo farol le iluminó al pasar: la joven del balcón, que no había apartado sus ojos un momento de aquella dirección, al punto le vio, entróse en la sala, que atravesó de prisa derribando una silla donde había una canastica llena de flores de trapos; tomó la escalera de piedra y bajó de dos en dos los escalones basta el piso de la calle.

Acertaba a llegar allí entonces el desconocido: al ruido que ella hizo volvió la cara, y adivinando sin duda su intención, le dijo con maligna sonrisa: -¿Creíste que era él, paloma de mi vida? Pues te engañaste. En vano le aguardas, porque estoy seguro que no vendrá esta noche. Hay otra que le divierte más que tú.

Acaso hubiera el hombre continuado hablándole, y aun acabado por requebrarla, si la joven un tanto repuesta de su sobresalto, no hubiera vuelto atrás, juntando las hojas de la puerta con violencia, y subiendo la escalera más apresuradamente de lo que la bajó.

II

Con el apresuramiento con que nuestra joven subía, no reparó en una señora como hasta de cincuenta años, que desde la barandilla de la escalera, había estado observándola en silencio.

-Vaya -le dijo ésta al pasar- cualquiera diría que te has vuelto loca. Toda la tarde en el balcón, y ahora dando carreras, escalera abajo, escalera arriba.

-¿No quiere usted que pierda el juicio, si ha llegado la noche y no vuelve Andrés? -contestó la muchacha sin detenerse. Y cubriéndose la cara con las manos, se echó en una silla, cerca de .la puerta, llena de la mayor angustia.

-Mira, mira como me has puesto las flores. No he querido recogerlas para que vieras lo que me has hecho con tus carreras y tu atolondramiento.

-Perdón, mamá; pero yo no puedo remediarlo. Andrés nunca ha estado hasta estas horas en la calle; además que él me prometió que volvería temprano.

-¿Pero quién te ha dicho que ya es tarde?

-Son cerca de las ocho.

-Se le habrá ofrecido algo en la tienda.

-No lo creo.

-Pues con apurarte no ganas nada, porque él por eso no ha de venir más temprano. Este corto y rápido diálogo pasó entre madre e hija, mientras ambas recogían las flores esparcidas por el suelo, y las colocaban por sus pétalos de alambre en torno del borde de la canastica.

Antes de que las dos mujeres concluyeran esta operación, se oyeron pasos en la escalera, y la joven, harto impaciente y cuidadosa, dando de mano a las flores, que eran muchas, acudió a la puerta para recibir al que llegaba. Era un muchacho de mala traza, desaseado y de picaresco semblante.

-Buenas noches, doña Doloritas -dijo quitándose el sombrero de pelo todo abollado y de color gris, por lo viejo-. Dice don Andrés, que no lo esperen hasta las nueve.

-¿Qué se le ha ofrecido de nuevo? -preguntó Dolores, poniendo la mano izquierda con muestra de ansiedad en el hombro del muchacho.

-¿A don Andrés, preguntaba usted? Yo no sé.

-Sí, Andrés, ¿qué quedaba haciendo?

-Es decir a usted que yo no sé.

-Pues tú no vienes de allá.

-Ahí tiene usted.

-¿Quedaba en la tienda cuando tú saliste?

-Es que don Andrés no estaba haciendo nada cuando me dio el recado para usted.

-¿Y cuándo te dio ese recado?

-Esta tarde, al oscurecer.

-¿Y ahora vienes a traérmelo?

-¿Qué quiere usted, doña Doloritas? Don Andrés esta tarde me llamó aparte, y me dijo: -Ciriaco, ve en un brinco a casa y di que no me esperen hasta las nueve, porque estoy muy ocupado. Al salir por la puerta corriendo, me vio el amo y me preguntó: -Ciriaco, ¿dónde vas? -A casa de doña Doloritas -le contesté. -Luego irás a casa de doña Doloritas -replicó el amo-. Primero son los quehaceres de la tienda que los de fuera. Anda a Salud, y dile a don Gregorio que me mande las cuatro conchas de carey que allí ajusté esta mañana. Y fui al barrio de la Salud.

-¿Y luego?

-Luego fui al barrio del Ángel para cobrar la composición de una caña de carey del doctor Sanguijuela; y luego a casa de la señora doña Eugenia Pérez a cobrar una cuenta atrasada, y luego al barrio de San Isidro a entregar dos peinetas de caracol a las niñas del Contralor, y luego. . .

-¡Y luego a los infiernos! -le interrumpió la joven exasperada de oírle contar dedo por dedo los diferentes puntos a donde había tenido que ir antes de traerle el recado de Andrés.

-Usted dispense, doña Doloritas -prosiguió el muchacho sin turbarse por aquel exabrupto-. Pero usted debe considerar que yo no tengo diez cuerpos para cumplir a un tiempo con tantos mandados: además, que yo creí que el recado de don Andrés no precisaba mucho, porque él no me dijo, como otras veces, corre, Ciriaco ahora mismo, sino ve en un brinco. En un brinco se va en cualquier tiempo.

-¡Yo no sé cómo Andrés me manda decir nada con este muchacho, que es capaz de aburrir a un santo! -exclamó Dolores, volviéndole la espalda y enojada de oírle charlar.

-¿Qué es eso? ¿Qué se ha ofrecido? ¿Qué te ha dicho Ciriaco? ¿Qué le ha sucedido a Andrés? -preguntó la señora que ya había acabado de acomodar las flores.

-¿Usted no lo oye? ¿Usted no lo oye, mamita? ¡Mil mentiras y necedades, que sólo Dios sabe como he tenido paciencia para escucharlo!

-Estas cosas se hacen así -agregó la madre de Dolores agarrando al muchacho por un brazo y acariciándole-. Dime, Ciriaco, ¿vienes tú de la tienda ahora?

-Doña Doloritas no lo quiere creer.

-Calla, y contesta lo que se te pregunta, ¿vienes de la tienda?

-Sí, señora.

-¿No quedaba en ella Andrés?

-Sí, señora... Es decir a usted; que no sé si quedaba o no. Porque yo entré y salí corriendo.

-¿Usted lo ve, mamita? Todas esas son mentiras. A Andrés no le ha de haber sucedido algo. Deje usted que se vaya ese muchacho de Barrabás. Vete, vete, Ciriaco.

-Pero si tú no le dejas explicarse. Dime, Ciriaco.

-No, no le pregunte más, mamá -interrumpió Dolores a su madre, empujando al muchacho hacia afuera.

-Usted dispense, usted dispense, doña Doloritas -repetía éste bajando la escalera más que de prisa, pues el airado semblante de la joven era para temer que no se contentara con echarlo de su casa con palabras.

-Madre mía -dijo Dolores en tono lloroso, luego que hubo desaparecido el travieso muchacho-, es preciso que vayamos ahora mismo a la tienda. Nadie me quita de la cabeza que a Andrés le ha de haber sucedido algo. El corazón me lo estaba anunciando desde por la tarde.

Y le contó las palabras que le había dicho el desconocido al pie de la escalera cuando al oscurecer bajó creyendo que era Andrés el que llegaba.

-Eso no pasa de una chanza replicó la señora-. Los jóvenes del día todo lo echan a burla y a risa: esto no es nuevo para ti. Creería que tú habías bajado a esperar tu cortejo, y por no dejar de decirte algo, te dijo que no lo esperaras, pues no vendría. Tranquilízate. Además, hija, es tarde, están muy oscuras 1as calles, hace mucho viento y frío, y Andrés no puede tardar. Esperemos un poco.

La joven, llena de angustia, anegada en lágrimas, se echó en una silla, cubriéndose la cara con las puntas del pañuelo de seda que traía al cuello, y la madre en la apariencia tranquila y ajena del dolor que oprimía el corazón de la hija, tomó la canastica de flores artificiales, tarea de aquel día, y se dirigió al cuarto para guardarla dentro de un enorme escaparate de cedro, tan antiguo, que al verlo cualquiera creería que habría sido labrado con las primeras maderas cortadas en la isla después de su descubrimiento.

A esta sazón oyéronse en la calle el ruido de pasos precipitados, muy luego los gritos de: ¡ataja! ¡ataja! ¡ataja al ladrón! dados por una voz varonil, y al mismo tiempo los golpes de muchas puertas que en vez de abrirse se cerraban violentamente. La joven acudió al balcón tal vez porque creyó reconocer aquella voz, tal vez por mera curiosidad o por instinto; y a la luz vacilante de los faroles pudo divisar tres hombres que corrían en vuelta de Paula, dos delanteros mal vestidos y uno detrás en mejor traje. Pero no pudo seguirlos largo espacio con la vista, pues que sintió pasos en la escalera, y corrió a la puerta que a ella daba, a donde ya había llegado su madre y cerrándola por dentro.

-Madre, ¿por qué cierra? -exclamó la intrépida muchacha empujándola y abriendo la puerta de par en par.

No bien dijo esto y se abrió la puerta cuando cayó a los pies de entrambas mujeres una joven, vestida en traje como de baile; traíala en sus brazos, o por mejor decir, arrastrábala una vieja mulata, que la soltó allí de puro cansancio.

III

En medio del asombro que naturalmente debía causar a entrambas mujeres aquella inesperada visita, solamente Dolores manifestó serenidad y resolución. Su primer cuidado fue ver si la joven desconocida estaba herida o muerta, pues la vieja que hasta allí la había traído, del susto y de la fatiga, no acertaba a decir dos palabras, que de sentido fuesen; pero desengañada que todo se reducía a un desmayo, sin pérdida de tiempo pidió a su madre un frasco de agua de colonia, con que le roció el pecho y rostro, después de haberla reclinado en una silla, y soltándole el traje. La desmayada, merced a este remedio, volvió al momento en sí; dio un ¡ay! lastimero, abrió los ojos despavorida, y acudió con ambas manos a la cabeza, en ademán de buscar algo entre la copiosa y negra trenza de sus brillantes cabellos.

Esta joven, como dijimos más arriba, venía al parecer en traje de baile, porque su vestido era de raso azul celeste, sus medias de seda encarnada, y los zapatos blancos bordados de diversos colores. Al cuello traía un collar de ámbar, largos pendientes de oro en las orejas, un ramo de flores artificiales en el aladar izquierdo, una rosa prendida con coquetería al escote del vestido por delante, y manillas de oro en los brazos. El traje de la vieja que la acompañaba no podía compararse con el de ella en brillo y lujo, pero no era menos aseado. Parecía cosa rara, que la guardadora de aquella joven tan blanca y tan bien prendida, fuese una mulata, libre según las apariencias y con más perfiles de bruja que una sibila de los tiempos fabulosos, sin embargo, con examinar los labios de la muchacha, aunque encarnados, demasiadamente gruesos y pestañas retorcidas, lo mismo que el vello que cubría su nuca por el nacimiento del pelo, fácilmente se adivinaría, que pertenecía a la raza de aquélla y hasta que podía ser su hija.

No sabemos si Dolores y su madre, que le decían doña Margarita, hicieron la antecedente observación. Lo que sí podemos asegurar es que estaban no menos admiradas del traje de la desconocida que de su peregrina cara y de las gracias de su cuerpo todo. Pues a una blancura extremada, unía el color de ébano de sus cabellos y ojos, una nariz aunque chica bien dispuesta, las mejillas redondas, suavemente teñidas de rosa, el cuello de una estatua de mármol, lo mismo que el seno, hombro y brazos; la cintura estrecha, y los pies tan pequeños, que parecía imposible pudieran sostener en equilibrio su gallardo cuerpo. Todo esto en manifiesto contraste con la expresión dura, zahareña de sus entreabiertos labios: es decir, que tanto donaire y hermosura exterior, eran para mejor encubrir un alma, si no mala, ni fea, al menos, no bella. Por eso, aun cuando abriendo los ojos viose que los tenía arrasados en lágrimas, conocióse que éstas se las había arrancado antes la rabia que el dolor, antes la vergüenza que la pena o la tristeza: por eso también, al volver en sí del desmayo, en vez de inquirir el lugar donde se hallaba y las personas que la rodeaban, acudió a registrarse la cabeza, pues de ella faltaba la peineta tan de moda entonces, que de la mujer que no la llevaba muy bien podía decirse, que era indigente.

-¿Conque me la han robado? -dijo mirando sucesivamente a la vieja mulata y a las dos mujeres que la contemplaban en silencio.

-¿Qué le hemos de hacer, hija mía? -contestó la primera de éstas-. Hay muchos pícaros rateros en La Habana.

-¿Y qué le han robado? -preguntó doña Margarita dirigiéndose a la que acababa de hablar.

-La peineta, mi señora, una peineta nuevecita, que no hace ni una hora que se la trajeron de la peinetería. Lindísima la peineta, mi señora, porque era de caracol, muy bien caladita, con dos palomas, y un corazón, y unas hojas de parra, y una flecha. Lindísima peineta; más linda no se ha visto en el mundo. Había sido hecha expresamente para que Rosarito (su hija) la estrenara esta noche en un baile. ¡Y habérsela robado esos pícaros, tan atrevidos, tan sinvergüenzas!. . .

-¿Los ladrones serían esos tres hombres que ahora poco pasaron corriendo en vuelta de Paula? -agregó Dolores.

-Los mismos, señorita -replicó la mulata-. Es decir a usted, dos de ellos, porque el que corría detrás es un caballero que nos acompañaba.

-¿Y cómo acompañándolas un caballero, según usted dice -observó doña Margarita- se atrevieron los ladrones a. . .?

-Es decir a usted -le interrumpió la vieja- que cuando los rateros se echaron sobre Rosarito para arrebatarle la peineta, el caballero que nos acompañaba, sin que nosotros lo advirtiéramos se había quedado un poco atrás...

-¡Cuidado no estuviese confabulado con los ladrones!

-No puede ser, no lo creo. Conque él mismo fue quien regaló la peineta a mi hija. Cómo había de ser capaz de semejante infamia don An…

En este momento, la joven que ya estaba enteramente en su acuerdo, cortó la palabra a la que se decía su madre, tirándole del vestido con el mayor disimulo: pero séase que Dolores lo advirtiese, sea que la reticencia de la vieja hubiese despertado su malicia, la verdad es que la preguntó:

-¿Don... quién decía usted?

-Don Anselmo -respondió la mulata.

-Figúrese usted, que nos venía acompañando. Al llegar a la esquina se quedó demorado: entonces dos hombres que nos perseguían desde casa, sin que maliciáramos su intento, apretaron el paso y metiéndose uno de ellos entre Rosarito y yo, el otro le arrebató la peineta, y echó acorrer. Esto sucedió ahí, ahí abajo del balcón de esta casa, como quien dice. Lo malo fue, que como Rosarito traía la peineta tan asegurada en el pelo, le costó mucho trabajo arrancársela, y del tirón que le dio, la tumbó en el suelo y con el golpe y el susto se desmayó. Ya nos iremos, hija mía -agregó la vieja volviéndose para la joven, cual si ésta le hubiera insinuado por medio de alma otra seña el deseo de marcharse.

-¿Y se van ustedes solas? -preguntó doña Margarita.

-No esperan a don. .. ¿quién dijo usted? -añadió Dolores.

-Don Anselmo, ya no volverá por aquí hasta prender los ladrones y quitarles la peineta -respondió la desconocida, con voz aguda y sonrisa irónica. Y puesta en pie, tomando el brazo de la mulata, añadió-: Volvamos a casa, mamá.

-No han querido que fuéramos al baile.

-¡Cómo ha de ser: otro día será!

-Dejen ustedes ver qué tal se presenta la calle -dijo doña Margarita yendo al balcón.

-¿Para qué? No se moleste usted, señora -prosiguió Rosario-. Estoy segura que los ladrones ya están muy lejos de este barrio. Vamos, mamá.

-Por allá viene un hombre -añadió aquélla desde fuera, y haciendo señas con la mano para que se detuvieran la mulata y su hija.

-¿Será don Anselmo, el compañero de ustedes? -repuso Dolores, imitando la sonrisa irónica de Rosario y corriendo a reunirse con la madre en el balcón.

Durante unos segundos se quedaron solas en la sala la vieja y la joven y ésta, animándose de repente, con los brazos abiertos en ademán de súplica mezclada de amenaza y de ira exclamó: -Por la Virgen, mamita, ¿qué espera usted? Vámonos.

La madre no tuvo tiempo más que para contestarle:

-¡Imprudente! -acompañando esta exclamación con un gesto de enfado, pues volvían a entrar en la sala doña Margarita y Dolores: quienes aseguraron que el hombre que acababa de ver la primera había doblado la esquina inmediata.

Entonces la mulata dijo: -Señora y señorita, yo soy Caridad Chirinos, para servir a ustedes: vivo en el callejón de la Samaritana número 6. Allí me tienen para lo que gusten mandar. Aunque no valgo nada, sin embargo, mi voluntad es mucha y mi gratitud. . .

-Vamos, mamita -la interrumpió Rosario de nuevo.

-Llévesela usted, seña Caridad -exclamó doña Margarita, ya irritada con la prisa de la muchacha. -Vamos -dijo la mulata andando, y haciendo una cortesía salió por la escalera abajo seguida muy de cerca de Rosario.

Doña Margarita y Dolores cruzaron los brazos y se miraron a la cara, como preguntándose la una a la otra la conducta de la vieja y la joven.

IV

Si la llegada repentina de aquellas dos mujeres causó gran sorpresa en el ánimo de Dolores y de su madre, no menos fue la que les causaron su brusca despedida, las palabras ambiguas que en la conversación se les escaparon, las reticencias de la vieja, la ironía de la muchacha y su prisa por marcharse.

Por eso, el cruzarse de brazos doña Margarita y su hija, y el mirarse a la cara mutuamente y en silencio, luego que ellas salieron, según dijimos al final del antecedente capítulo, no fue más que un preludio de las dudas, que bien pronto les ocurrieron a entrambas de tropel. ¿Quiénes eran la mulata y su hija? ¿Quién el caballero que las acompañaba y las abandonó en la esquina? ¿Por qué la joven en cuanto volvió de su entero acuerdo manifestó tantos y tales deseos de irse? ¿Qué significaba aquella sonrisa maligna que corría por sus labios cuando se ofreció, aunque de paso, defender al calumniado compañero? ¿Qué especie de relaciones mediaban entre éste y ella para que le regalase una peineta que tanto había celebrado la vieja? En fin, ¿por qué esta última usó una reticencia maliciosa, a tiempo precisamente que iba a revelar el nombre de ese caballero desconocido; nombre que no podía habérsele olvidado, toda la vez que las acompañaba y le había regalado una peineta costosa a su hija? Apostamos cualquier cosa a que ya también participa el benévolo lector de las mismas dudas que Dolores y su madre.

Y he aquí una buena ocasión, exclamará, de que el cuentista satisfaga su curiosidad, descubriéndole a renglón seguido quién era la vieja mulata, quién la linda muchacha y quién el misterioso caballero, supuesto que nosotros lo sabemos par coeur, como dicen los franceses.

Pero no, querido lector. Como la relación tiene que llevar un orden preciso, si hemos de ser lógicos, como los sucesos se atropellan, nosotros somos amigos de la unidad de lugar, y la noche a que hacemos referencia soplaba un airecillo frío y seco, tenemos por mejor acuerdo quedarnos en la casa que se ha visto y con las gentes que ya conoce el lector, al menos durante el presente capítulo.

Todavía falta un personaje destinado a representar papel principal en este pequeño drama.

Adelante procuraremos satisfacer aquellas dudas y la curiosidad del lector si por dicha hemos logrado despertársela.

-¡Madre, ha visto usted de eso en su vida! -exclamó Dolores después de un gran rato de silencio-. ¡Qué vieja tan hipócrita! ¡Qué cara de bruja! ¡Y qué muchacha tan ingrata y tan. zafia! Cría cuervos y te sacarán los ojos. ¿Que le hicimos nosotras, qué le dijimos para que manifestase tal impaciencia por irse?

-¡Quién sabe, hija! Acaso temería que nosotras la reconociésemos, acaso tiene por qué ocultarse, acaso sentiría molestarnos, acaso. .. ¿Pero tú no conoces que es muy muchacha todavía, para tener moderación y saber comportarse con la gente?

-¿Y usted no reparó la confianza en que estaba de que el caballero que las acompañaba no volvería hasta no traerle la peineta robada? ¿Quién será ese... caballero, como decían ellas, que hace tales finezas por tal mujercilla?

-Algún mequetrefe, hija, de los muchos que andan por el mundo: tal vez algún jugador de profesión, uno de tantos jugadores, a quienes nunca falta una muchachuela con quien gastar el dinero que ganan a las barajas. Porque la tal Rosarito me debe el concepto de ser rebajada y de tener más malicia que belleza.

-¡En efecto, mamá, qué contoneos, qué sonrisita, qué desdén, o por mejor decir qué aire tan despreciativo el suyo! Crea usted que si no se va tan pronto, me parece que la echo por la escalera abajo. Me pesa en el alma haberle manifestado tanta compasión y oficiosidad, porque no merece ni una gota de agua.

-No, hija mía -dijo con calma doña Margarita-. Porque las otras sean malas, nosotras no debemos serlo. Haz el bien y no averigües a quien, aconseja el refrán. Para el ingrato no hay peor castigo que un beneficio enteramente desinteresado.

-Tal vez sea una enemiga oculta que tenemos sin saberlo, y ya usted ve...

-No importa, así resplandecerá más nuestra caridad. Hoy por ti, mañana por mí. ¿Quién nos asegura que mañana u otro día no tengamos nosotras necesidad de esas mujeres desconocidas y al parecer de mala opinión?

-Pero usted ve, mamá, ¡Andrés no viene! -saltó y dijo Dolores, mudando repentinamente de conversación y de tono.

-Todavía no han dado las nueve -replicó su madre, manifestando una confianza que estaba muy lejos de sentir.

-¿Usted no sabe, que el que corría detrás de los ladrones de peineta, por la espalda se me dio aire a Andrés?

Doña Margarita se echó a reír con mucha naturalidad y dijo luego:

-Ahora te figurarás que todos los hombres que pasan por la calle son Andrés. ¿Tú no conoces que esas son ilusiones que te finge el deseo? Ten paciencia, hija, espera un poco. Mira, confieso que nadie era más impaciente que yo en casos semejantes al tuyo, porque antes y después de mi matrimonio, con tu padre, como su profesión le obligaba a pasar los días enteros y aun las noches fuera de casa, las más veces me quedaba solita en grima, y me desesperaba esperándole, y me moría de miedo, y no comía, no dormía. Pero al cabo, volví en mí y dije: ¿Qué es esto? No porque yo padezca y sufra y me atormente, ha de venir mi marido más temprano: hágase la voluntad de Dios. Y tal fue mi conformidad en su misericordia infinita, que al año de casada, ya viniese tu padre temprano o tarde, ya se quedase fuera de casa, ya yo me dormía tranquila y siempre a su vuelta me encontraba alegre y contenta. Además, Dolores, Andrés es bueno, no tiene enemigos, al menos que sepamos, ¿quién ha de querer hacerle daño? Sus ocupaciones son muy engorrosas: un día hay mucho trabajo, otro día poco: la peinetería está muy atrasada, a pesar del gran despacho de peinetas de caracol, que es hoy la moda reinante: Andrés es el único oficial de confianza para don Isidro, su único pañito de lágrimas, tal vez ha caído mucho trabajo de repente. .. Por otra parte, tú conoces a don Isidro, el amo de la peinetería, lo poquito que es, y lo atolondrado que se pone en cuanto le sucede cualquier contratiempo; tú conoces también, que para todo acude a Andrés. Déjalo que trabaje: así ganará más dinero, por Isidro siempre estamos atrasadas, y hoy más que nunca, a causa de que ya no hay quien compre flores de trapo, ni muñecas. ¡Tal parece que ya las mujeres no usan flores en la cabeza, ni ya las niñas juegan a las muñecas! ¿Quién creería que en toda la semana, no se han hecho más que seis reales de flores, cuando ahora tres meses no bajaba la venta diaria de dos, tres, cuatro y cinco reales?

La joven se había callado triste, meditabunda, con la cabeza y los ojos bajos, en la apariencia sin oír una palabra de las muchas que la madre decía.

En este tiempo, dieron las nueve en el reloj del Espíritu Santo, que si bien distante de la casa donde pasaba la escena que referimos, fue fácil oír las campanadas por el viento norte que soplaba y el profundo silencio en que había caído el barrio de Campeche.

-¡Las nueve, mamá! -exclamó Dolores levantando la cabeza, e interrumpiendo bruscamente a doña Margarita, la cual llevaba trazas de no acabar en toda la noche la relación de lástima s que había comenzado con tanto calor, como elocuencia.

-¡Las nueve! -repitió la señora más enojada por la interrupción que por la impaciencia de la hija-. ¡Las nueve! Sí, las nueve ¿pero no están dando ahora? Esperemos un poquito más.

-Mamá -dijo la joven desolada-, por Dios, si usted no me acompaña, yo voy sola a la peinetería, para ver por qué se tarda Andrés.

-En fin, vamos -repuso doña Margarita entrando en el cuarto, sin duda para sacar una manta con que cubrirse por las calles-. No quiero que digas que por mí se ha dejado de hacer tu gusto. Pero tú verás, que cuando nosotras vamos, Andrés viene.

Dolores, por toda contestación, se cubrió la cabeza con una manta de burato y salió a la sala a esperar que su madre acabase de aviarse; operación que, sin motivo aparente, demoraba más de lo que era menester. En este corto intervalo de tiempo, silenciosas y gruesas lágrimas corrían por las mejillas de la joven, en quien ya no había poder ni fortaleza para dominar y reprimir el dolor y las angustias de que era presa su alma enamorada.

Por último, acabó doña Margarita de arreglarse el traje de calle, y de disponer a una criada el cuidado de la casa, y fue a reunirse con Dolores que se había adelantado hasta la puerta de la escalera, a la sazón que se oyeron en ella los pasos de muchos hombres. La señora echó pie atrás sobresaltada, pero la joven, con una ansiedad difícil de pintar, se precipitó a la barandilla y dio un grito, cayendo contra la puerta y rodando luego por el suelo, de manera que quedó tendida, la mitad del cuerpo en el descanso de la escalera, la otra mitad en la sala.

V

Dijimos en el anterior capítulo que las escenas se atropellaban, y que si queríamos ser lógicos y guardar las reglas clásicas, no debíamos salir de la casa del balconcito a la muralla sin explicar primero los diversos pensamientos que combatían el ánimo de Dolores y doña Margarita, desde la aparición y desaparición de la mulata y su hija. Pero hétenos ya en el quinto capítulo de nuestro cuento, sin haber acabado la exposición. Esto nos mueve a dejar por breve rato en el suelo a la desmayada Dolores y quebrantar el propósito que hicimos de no abandonar su casa durante la noche. No vamos muy lejos puesto que está en el centro de la ciudad el callejón de la Samaritana a donde más que a media carrera se dirigían Caridad Chirinos y su linda hija Rosario Valdés.

Esta última, especialmente, como joven y enojada que iba, por resultas del robo de su peineta, que no pudo lucir en el baile, llevaba siempre la delantera a su madre, la cual, vieja ya, y no sabemos si alegre de aquel contratiempo, pues le había excusado una mala noche, se arrastraba con trabajo y a cada veinte pasos pedía a su hija en tono humilde no corriera tanto y que le esperara, pues se iba fatigando más de lo regular. La muchacha unas veces se detenía, otras se hacía la sorda y apretaba el paso en lugar de meditarlo.

Nuestras dos mujeres azotadas por el viento y murmurando entre sí traían la calle de las Damas, que es sabido se halla interrumpida en el convento de Santa Clara. Rosarito, que se había adelantado mucho, dobló la esquina, cuando la vieja venía a media calle y entonces un hombre, que bajaba por la de Luz y vestía pantalón y chupa de lienzo, acercándosele con familiaridad, le arrojó a la cara los tiestos de una peineta de carey, y le dijo:

-¿Pensaste, mujer falsa, que yo era un ratero que vivía de esas rapiñas? Te engañaste. Ahí tienes tu querida prenda. He tenido el placer de que no fueras con ella al baile. ¿No te anuncié que iba a aguarte las esperanzas de verlo y bailar con él? Esta es otra prueba de que yo sé cumplir lo que ofrezco.

-¿Tú quieres ver como no te sales con tu gusto? -replicó airada la joven, mirando faz a faz a su interlocutor, y sin hacer caso de los pedazos de la peineta que cayeron a sus pies.

-Sí, yo lo quiero ver -añadió el desconocido precipitadamente, y en tono exaltado.

-Pues me iba para casa, y ya no voy, sino al baile: ¿Te figuras que por la falta de peineta quedo sin bailar? Te desengañarás que yo bailo sin peineta lo mismo que con peineta. Sígueme: me verás bailando con él.

Y diciendo y haciendo volvió espaldas al desconocido, para irse a encontrar con su madre, que ya venía a pocos pasos, renegando de la velocidad de su hija. El hombre de la chupa, la siguió de cerca, la detuvo por un brazo y le dijo al oído con una sonrisa de maligna ironía:

-Sí, ve al baile, corre, no te detengas en ninguna parte; pero no esperes encontrar allí al sinvergüenza que te regaló la peineta. Después desapareció con la misma presteza que había aparecido, dejando espantada y muda a la pobre muchacha, que no pudo dar un paso más. Cuando la alcanzó la vieja, y la vio en aquella tranquilidad y quietud de una estatua, díjole sonriendo:

-¿Qué es eso? ¿Ya te cansaste de correr? Me alegro. ¡Cuidado que no se puede salir contigo a la calle! Como tienes tus piececitos muy buenos, crees que todos los tienen lo mismo; porque en diciendo tú a caminar, pareces una grulla, no hay quien te gane, vamos. Vamos para casa; ya estamos cerca: acabemos de llegar.

-¡Mamá! -prorrumpió la joven echándole los brazos al cuello-, ¡lo han matado!

-¿A quién? ¿a quién? -preguntó azorada la Chirinos.

-¡Ah! ¡Lo han matado! ¡Es cierto! Liborio acaba de decírmelo.

-¿Cómo ha sido eso, hija? ¿Dónde está Liborio?

-Ahí en la esquina me detuvo, no más que para darme la noticia, el muy cruel. Bien me lo decía el corazón. ¡Dios mío! ¡qué desgracia! Vamos atrás, mamita. Yo quiero desengañarme por mis ojos.

-¿Ya qué parte hemos de ir a estas horas, Rosarito? No hagas caso: esas son mentiras de Liborio por verte apurada. Además, hija, yo no vuelvo para atrás así me hagan picadillo: ya no puedo más: estoy cansada, muerta: voy pisando con los ojos, no con los pies: hemos caminado mucho.

-¡Por la Virgen Santísima, mamá, no me diga eso, mire usted que aquí mismo me caigo muerta! Yo quiero verlo: puede que aún tenga remedio; tal vez está tendido en la calle, sin tener quien lo socorra. Volvamos al barrio de Paula, mamita de mi corazón. Es preciso que lo vea, que me desengañe de la verdad. ¡Dios mío! ¡Qué desgracia! Y es que yo tengo la culpa de su muerte. ¡Por mí lo han matado! ¡Pobrecito!

-Pero, hija, Rosarito, ¿te has vuelto loca? ¿Qué estás diciendo de culpa y de desgracia, y de matado? ¿A quién han matado? ¿Cómo se ha hecho esa muerte? ¿A qué hora? ¿Dónde? ¿Es posible que hagas caso de las conversaciones de Liborio?

-¿Y es posible, mamá, que usted no conozca a Liborio? ¿Usted no sabe que él es muy vengativo, celoso y de mal alma? ¡Venga usted, mamá, venga usted, por el amor de Dios! No me deje sola en esta tribulación. No me queda la menor duda que Liborio lo ha matado. ¡Qué corazón de tigre! Acompáñeme, mamita: de por fuerza hemos de encontrar gente por la calle que nos den razón del paraje en que sucedió el hecho.

-Pero, ¿a dónde hemos de ir, hijita?

-Al barrio de Paula: para allá fueron ellos corriendo.

Todavía la vieja no había comprendido nada, porque Rosario en su delirio no atinaba a explicarse, ni era tampoco ocasión aquella de perder el tiempo en explicaciones. ¿A qué pronunciar, por otra parte, el nombre de la persona que se suponía matada, o herida, si siempre presente en su corazón, creía que a los demás, y con mayor razón a su madre, debía suceder lo mismo? ¿ Por quién sino por su amante haría ella aquellos extremos de dolor? ¿Cuando el supuesto agresor le anunció la desgracia, pronunció el nombre de alguna persona? ¿Necesitó Rosario oírlo para convencerse que su amante había sido la víctima? Sin embargo, harto se nos alcanza, que esta torpeza de comprensión, indisculpable en la vieja, a quien debemos suponer enterada "de la vida y milagros" de la hija, es disculpable y mucho en el lector, pues no se halla en el mismo caso. Esto debíamos tener en consideración para revelar el nombre de la misteriosa persona que creían muerta; pero no habiéndolo hecho ni el desconocido que llamaban Liborio, ni Rosario, nosotros nos guardaremos de ello, al menos por ahora. Bien que, por otra parte, ¿ qué ganaría el discreto lector con que nosotros en este punto se lo revelásemos, si todavía ignora los hechos y los antecedentes que le hacían digno de las lágrimas de Rosario? Lo que nos toca al presente decir, es dónde se encaminaron ésta y seña Caridad, y cuál fue el resultado de sus pesquisas en aquella aciaga noche. Pero... otro pero; ya está por hoy llena la tarea que nos hemos impuesto voluntariamente al escribir para el público, y hasta nuevo capítulo nos despedimos de los curiosos que hayan tenido la majadería de seguirnos paso a paso.

VI

Ya que estamos en la calle, y que el curioso lector ha tenido el capricho de acompañarnos, no desaprovecharemos la ocasión de referir el resultado de las pesquisas de Rosario y de la Chirinos, su madre. Ésta a tiempo de seguir a aquélla; por una rara casualidad reparó en los pedazos de peineta, que el desconocido había arrojado a la joven, según dijimos en el capítulo anterior, y levantándolos del suelo, dijo:

-¿Pues no son estos pedazos de tu peineta?

-Sí, señora. Pero caminemos, mamita, que se va el tiempo.

-¿Cómo se hallan aquí?

-Porque Liborio me los trajo, y me los tiró a la cara.

-¿Luego él fue quien quitó la peineta a los ladrones? Y creía yo que había sido don. . .

-Mamita -le interrumpió con enfado la muchacha-, si usted no camina más aprisa valiera más que se quedara; porque si hemos de hablar y andar a su paso, no llegaremos esta noche.

-¡Cuidado que suceden cosas incomprensibles y extraordinarias en el mundo! -prosiguió la vieja en el tono en que rezaba sus oraciones, arrastrándose más bien que andando detrás de su hija, a la manera de un queche holandés remolcado por un buque de vapor-. Liborio se despidió de nosotras a las ocho en casa: salimos en compañía de don. .. (aquí dijo un nombre que no le entendimos), al bajar a la muralla se quedó un poco atrás: de repente nos asaltan dos pícaros rateros, le arrebatan la peineta a mi hija, y es Liborio quien se la trae hecha dos pedazos, habiendo sido nuestro compañero el perseguidor de los ladrones. ¿Conque uno es el que persigue y otro el que trae la cosa robada? ¿Dónde se hallaba Liborio? ¿Dónde ha ido el perseguidor? ¡Vaya, vaya, que yo no había visto de esto en mi vida! ¡Rosarito! -gritó adelgazando la voz para que resonara más aguda, pues tanto se había adelantado la muchacha, y tales eran las sombras de la calle, que ya sólo divisaba los reflejos que hacía su vestido de raso, cuando acontecía que pasaba cerca de algún moribundo farol-. ¡Rosarito! -repitió probando a correr, pero a los pocos pasos tropezó en una piedra, y fue rodando hasta caer boca abajo en mitad de la calle.

Del golpe la pobre Chirinos quedó aturdida y sin poderse levantar en gran rato.

La joven, bien que no la hubiese oído, y es lo que parece más probable, bien que en aquel instante fuese más poderosa en ella el ansia de llegar al punto donde había acontecido la desgracia que le anunció Liborio, que el amor y el respeto filial, la verdad es, que prosiguió su camino tal vez con más precipitación que al principio.

En su rápido tránsito por la calle de las Damas abajo, encontró muy pocas personas, que iban su camino con tanta prisa, como ella, y las casas todas cerradas, si es, uno que otro postigo de las ventanas, por el cual se escapaba un rayo de luz. Pero no bien torció a la izquierda, tomando instintivamente la calle de San Isidro, vio y oyó una porción de hombres de todos colores y condiciones que, divididos en varios grupos, conversaban en tono bastante alto, y además algunas señoras y criadas, con velas encendidas en la mano alumbrando desde las ventanas o las puertas.

Indicios eran éstos demasiado evidentes de que por allí acababa de acontecer una triste tragedia, toda la vez que aún conversaban y permanecían de pie en medio de la calle, quizás los mismos espectadores de ella. ¿Qué otras pruebas podía apetecer Rosario, para convencerse de que habían sido verdaderas las misteriosas palabras de Liborio? ¿La sangre o la presencia del cadáver? Precisamente el horror de esta idea la detuvo a cierta distancia del sitio donde se hallaba el grupo más animador y numeroso de gente. También es posible que tuviese parte y no pequeña en esta prudente determinación de la muchacha, la reflexión súbita de su traje y su intempestiva llegada podían infundir sospechas en el ánimo de aquellas personas, entre las cuales era fácil diese la casualidad se hallara alguna que la conociera; pues parece que aún no había notado la falta de su madre.

-¡Tal vez esos hombres están contemplando las heridas del que murió y la sangre que arrojó la víctima! -dijo la joven entre sí. Y llena de sobresalto y de angustia, por más que quisiese disimularlos con la aparente serenidad de un rostro todavía húmedo de las lágrimas que habían vertido sus ojos, arrimó se a una casucha a cuya puerta se veían asomadas varias mujeres y chiquillos y dirigiéndose a la que le pareció más amable, le preguntó:

-¿Sabrá usted decirme, señora, lo que ha sucedido aquí que veo reunida tanta gente?

-¡Ay! ¡hija! -contestó la preguntada, que era una mulata vieja y de muy alegre semblante-, que dos desalmados a un pobre hombre que iba su camino sin meterse con nadie, por robarle unos medios que llevaba lo mataron.

-¡Oh! ¡Dios mío! -exclamó la muchacha sin poderse contener levantando las palmas juntas al cielo en ademán de súplica-. ¡Todo es cierto! Lo han matado. ¡Qué desgracia! ¡Liborio, Liborio!

-¿Pero qué le ha dado a usted, niña?

-¡Nuestra Señora del Rosario me valga!

-¿Acaso habré cometido una imprudencia?

-Por ventura la persona de que se habla, es pariente de usted, o su amigo, o su... o su. . .

-¡Nada, nada mío! -apresuróse a interrumpir a la mulata; y los sollozos y las lágrimas embargaron su voz. Reclinóse contra la pared, porque hubo un momento en que la fuerza del dolor le privó de la razón y temió dar lastimosamente en la tierra.

Entonces las mujeres y en particular la buena vieja, no menos conmovidas que pesarosas, la rodearon por todas partes, y sin gran esfuerzo lograron introducirla en la casucha, donde habiéndola sentado, diéronle a. oler aguardiente en un pañuelo empapado y quiera que no la hicieron beber un poco de agua. Aquél era el segundo desmayo que Rosario experimentaba en aquella noche de desgracia; el primero producido por un susto, éste por un gran dolor: las consecuencias debían ser y en efecto lo fueron, un abatimiento y una languidez de cuerpo y espíritu alarmantes, para los que conocen la influencia de ciertas pasiones en el ánimo del hombre. Así estaba ella más hermosa. Aquellas buenas gentes, notando esto, y con particularidad su traje y adornos resplandecientes, su extraño aparecimiento y su desamparo, tanto más de admirar cuanto que era joven y bella, no se cansaban de mirarla y de preguntarse unas a otras al oído, quién sería, de dónde vendría, y qué especie de relaciones existían entre la muchacha y el hombre asesinado. Por fortuna, o por desgracia, ninguna de las presentes la conocían siquiera de vista, y no la molestaron con preguntas y averiguaciones, que no estaba en estado de satisfacer. Sin embargo, la vieja, interrumpiendo de pronto los cuchicheos de su familia, se acercó a la joven y le dijo en el tono más blando y más cariñoso que le fue dable, cuando juzgó que podría ella explicarse.

-¿Qué podemos hacer por usted, niña? ¿Quiere usted que avisemos a su familia? Crea usted que deseamos servirla y aliviarle su mal en cuanto nos sea posible.

-¡Madre mía! -exclamó Rosario poniéndose repentinamente en pie y cual si recordase que la había dejado muy atrás, y que se hallaba entonces sola-. ¡Madre mía! -repitió yendo a la puerta.

-Bien -añadió la vieja interponiéndosele, como para evitar que saliera-, ¿dónde quedó su madre? Díganos usted, que yo tengo un muchacho que irá a avisarle. Siéntese, no se moleste: aquí está en su casa.

-¿Y sabe usted qué señas tiene el matado? -preguntó Rosario, como si no hubiera oído los ofrecimientos de la vieja.

-Creo que es un hombre blanco de poca edad.

-¿Todavía está ahí en la calle?

-No: ya lo llevaron para su casa.

-Usted me engaña. Él está ahí: quiero verlo: déjeme usted salir; yo debo verlo ahora mismo.

-Y yo no se lo consiento -dijo la vieja levantando la voz y poniéndose seria-. ¡Eh! no puede salir ahora, no puede salir. Siéntese y díganos dónde quedó su madre para avisarle en el momento. ¿Qué pensaría la gente si la viese a usted sola, corriendo por las calles, como una loca?

»Tranquilícese un poco, que yo le prometo acompañarla hasta donde usted guste si es que su madre no viene a buscarla.

Efectivamente, esta última reflexión y esta promesa parecieron aquietar del todo a la muchacha, que triste, abatida, silenciosa, cual si hubiera perdido el uso de la palabra y de la razón juntamente, fue a sentarse en la silla que antes había ocupado. Pero por desgracia en aquella misma sazón entró en la casucha un andrajoso y tiznado muchacho, que venía de correr por las calles, el cual sin advertir la escena que allí pasaba, con aire de sandio, dijo: -Mamá, abuela, yo vi la casa en que metieron al matado.

Estas palabras, según es de imaginarse, resonaron en el corazón de la joven con el mismo estrépito que el estampido de un rayo. Púsose al instante en pie, trabó por un brazo al lenguaraz muchacho, y en bronca voz y tono de mando, díjole: -Llévame allá.

Luego, arrastrándolo fuera, ni la vieja, ni las otras mujeres allí presentes pudieron impedirle la salida, ni mucho menos arrancarle de las manos al forzado guía. Éste, aunque al principio cortado por el ademán y las palabras de Rosario, bien pronto conoció que nada tenía que temer de ella, y muy alegre y sin titubear, ni equivocarse en parte alguna, casi en menos tiempo del que empleamos en contarlo, la llevó hasta el pie de la casa donde vivía doña Margarita y Dolores.

Ahí -le dijo parándose y alargando el brazo derecho-, ahí subieron al matado no hace ni diez minutos.

Soltólo Rosario entonces, como quien suelta un animal ponzoñoso que por equivocación agarrara, y desapareció por la calle de las Damas arriba, con notable admiración del muchacho, que no quería creer había servido de guía a una criatura humana, sino a un fantasma.

VII

Ya que hemos llegado a la puerta de la casa de doña Margarita, no volvamos atrás, que dentro nos llaman lastimosas escenas, de que debemos cuenta fiel al paciente lector.

Cuando Dolores se asomó a la barandilla de la escalera, subían por ella, según dijimos antes, muchos hombres. Éstos, que eran el comisario del barrio, el teniente, algunos alguaciles y varios vecinos, traían en brazos a Andrés que estaba sin conocimiento y con los vestidos todos manchados de sangre, no imaginando sin duda que allí habría personas a quienes la vista de un espectáculo tan horroroso podía causar repentinamente la muerte. Decímoslo porque Andrés, ya por el poco tiempo que hacía habitaba en el barrio, era casi desconocido para la mayoría de sus vecinos; y lo prueba, no sólo el que ninguno de los que lo socorrieron sabía su nombre, aunque alguno no ignorase donde habitaba, sino también la admiración y la sorpresa que les causaron el grito y desmayo de Dolores.

Por fortuna esta joven al caer tropezó en la puerta, y aunque vino luego rodando al suelo, ese mismo golpe, y el haberse enredado los flecos de su manta de burato en un clavo que había fijo en la pared para colgar la servilleta de enjugarse las manos, fueron parte y no pequeña, para quitarle al cuerpo mucho de su primer impulso; y felizmente no se hizo otro daño que el de una ligera contusión detrás de la cabeza.

-¿Lo han matado? -preguntó doña Margarita dirigiéndose a los hombres, mientras levantaba a su hija del suelo, con gran fuerza increíble en su edad y en sus achaques.

-No, señora, no se asuste usted, no viene más que desmayado -respondió apresuradamente el que traía la delantera y parecía ser el juez.

-¡Nuestra Señora de los Milagros sea con nosotras! -exclamó la anciana-: ¡ésta es noche de desgracias! ¡Andrés! ¡Dolores!. .. ¡Que se mueren! ¡Loreto! ¡Loreto! (a la criada). ¡Corre, que se me muere la niña!

Efectivamente era tan fuerte el desmayo que acometió a Dolores, que no sólo a los ojos de la madre, en quien el amor de tal debía ejercer su poderoso influjo abultándole los accidentes menos peligrosos, mas también a los de las demás personas allí reunidas, la muerte con sus horribles colores se había pintado en el pálido semblante de la joven, en sus manos heladas y en la cesación momentánea y al parecer completa de las pulsaciones de su corazón. Sin embargo, a poder de las esencias que le aplicaron a la nariz y del calor que abrazándola le comunicó doña Margarita, volvió en sí más pronto de lo que se pensaba; y por consejo de dos vecinos que habitaban el piso bajo de la casa y habían acudido a la bulla, encerráronla en su cuarto con la madre y una joven amiga, mientras el cirujano, que inmediatamente se hizo venir, examinaba las heridas de Andrés, también ya vuelto en sí.

Por el instrumento contundente con que fueron hechas, según certificó el facultativo en el acto del reconocimiento, ninguna presentaba el carácter de peligrosa, aunque las de la cabeza (únicas verdaderas heridas, pues produjeron sangre) interesaron bastante (ésta es la frase) y por consecuencia ocasionaron el desmayo del paciente. Merced a una sangría, y a otros remedios aplicados con oportunidad y tino, Andrés bien pronto se halló en estado de dar cuenta exacta del motivo presunto de la agresión sufrida, y de la o las personas que le atacaron. Y como poco después suplicase que le dejaran ver a Dolores y a doña Margarita, el médico dijo no había dificultad, siempre que la primera estuviese ya en su entero acuerdo y convencida de que ningún peligro corría la vida del paciente.

Pero, ¿de qué hubiera servido tampoco la negativa? Por más prisa que se dio el cirujano en su operación y por más súplicas y reflexiones que hicieron a Dolores, doña Margarita y la joven su amiga, no fue posible contenerla. Echóse fuera del cuarto donde la habían encerrado, entró en el que ocupaba Andrés y se precipitó en sus brazos hecha una Magdalena en lágrimas y desolación.

Renunciamos a describir aquella escena de amor, de ternura, de delirio, porque no hay palabras que basten a representamos al vivo, si podemos decirlo así, las sensaciones de un alma que siente arrebatada por una pasión fuerte y que sintiendo se sublima hasta la causa de su divino origen. ¿Qué son sino los abrazos, los besos prolongados durante una y dos horas, en comparación de las miradas intensas, por las cuales se exhala el espíritu de la mujer, que ama y parece que toma cuerpo de la luz y del ambiente que nos rodea, para animar y hasta divisar la persona amada?

Pero la prueba mayor de la nobleza y sublimidad del alma de Dolores, fue la abstracción que hizo de todo otro objeto extraño, para no ver más que a Andrés, a su querido Andrés, herido y doliente, que reclamaba todo su esmero, toda la ternura de su amante corazón. Ni le mencionó a sus agresores (si fueron varios), ni le dijo ninguna palabra que siquiera le recordase que había sufrido las consecuencias de una triste y no sabemos todavía si vergonzosa derrota. Hablóle como de un mal inevitable, venido para él del cielo, como de un suceso de su vida, que, a fuerzas de cuidados y de cariños debía borrarse de su imaginación en cuanto se pusiese enteramente bueno.

¡Ah! ¡Y de cuánta suma de dolores y amarguras no se vio libre al menos por entonces, aquella alma generosa de mujer, por una conducta tan prudente! ¿Quiénes habían sido los agresores o el agresor de Andrés? ¿Qué motivos tuvieron o tuvo para acometerle indefenso? Él dijo en su declaración al juez de la sumaria, aun a doña Margarita y Dolores, que por robarle; y no dos, ni tres, sino uno solo, absolutamente desconocido, y sin más arma que un palo. Mas ¿era esto creíble? ¿El que asalta a un transeúnte en una calle oscura y silenciosa le hiere sin necesidad y no le quita la bolsa, ni siquiera un botón? ¿Suelen tampoco los ladrones acometer a sus víctimas con palos, que meten tanto ruido, cuando el puñal es más certero, más imponente? Posible es que se escaparan estas observaciones al juez, cuyo fin no era otro que descubrir la persona del reo, ¿pero acontecería lo mismo con doña Margarita, con Dolores?

Sin embargo, la declaración del herido venía acorde con las de los testigos presenciales del hecho, que se citaron en el juicio y a quienes sin quererlo oyó Dolores contar todos los pormenores. Y por otra parte ¿quién asegura que no se hubiesen equivocado Liborio y Rosario, suponiendo uno y otro que Andrés era la persona que el primero deseaba apalear y que la segunda buscaba? El caballero que acompañaba a esta última la noche del robo de su peineta, ¿era el mismo que había herido Liborio y llevaron desmayado a casa de doña Margarita?

¿Será posible que la abnegación y los extremos de dolor y de ternura que hizo Dolores hubieran sido menos fervientes, si a su noticia hubiese llegado que Andrés y el caballero que acompañaba a Rosario y la Chirinos en aquella fatal noche, eran una misma persona? Creemos que no.

Por lo menos, adelante tendremos ocasión de ofrecer al lector más de una prueba de los fundamentos en que descansa nuestra creencia.

VIII

Antes de meternos en lo más intrincado del drama de cuya exposición nos hemos hecho cargo, parécenos muy conveniente dar al lector algunos informes acerca de la joven que le presentamos en el capítulo primero y de su familia.

Ésta, en la época que hablamos, se hallaba reducida a la madre, doña Margarita, a un hermano todavía en la infancia, y al marido de Dolores (porque ya es imposible ocultar por más tiempo que lo era) el que hemos dado a conocer bajo el nombre de Andrés, oficial de peinetero en el taller de don Isidro M... Los padres de nuestra joven descendían de la Florida: aquí contrajeron matrimonio, y sólo tuvieron de él tres hijos, aquélla, otro que había muerto a la época de nuestra historia, y el que aún estaba en la edad infantil.

Cuando el padre murió, dejóles pequeñuelos y sin otros bienes de fortuna que la casa con balconcito a la muralla, que ya hemos descrito, y dos o tres esclavos.

Con la falta de aquel sostén de la familia, según es de imaginarse, poco a poco vino ésta muy a menos. Además, desgracias y males de que no es posible ocuparnos ahora, obligaron a doña Margarita a contraer algunas deudas y para pagarlas no tuvo otro arbitrio que vender al principio dos de sus tres esclavos y más adelante el piso bajo de la casa que con sus dos hijos habitaba. Para subsistir y dar a éstos una educación mediana, vióse en la necesidad de meterse a florista y a dulcera, oficios que había aprendido en un beaterio de la Florida, donde la encerraron sus padres desde niña.

Apenas cumplió Dolores los nueve de su edad, y ya ayudaba a su madre en la fabricación de las flores de trapos que ellas mismas tenían y preparaban y con el producto de su venta diaria por las calles (por medio del único esclavo que les quedó) y el de los dulces que fabricaba doña Margarita, proveían ambas a su subsistencia y la del jovencillo. Pero por mucha economía que guardasen y por constante que fuese la venta de las flores y de los dulces, posible es figurarse si nuestras dos mujeres alcanzarían otra cosa que cubrir sus necesidades presentes. Agréguese a esto, que merced al comercio libre y a otras causas que sería harto obvio apuntar aquí, las flores artificiales del mismo modo que los dulces habían dejado de pertenecer exclusivamente a los ramos de industria que se ejercitaban en el país; que de día en día, por consiguiente, iban dificultándose los medios de proveer a su subsistencia, pues conforme aseguraba doña Margarita, tal parecía que ya las mujeres no usaban flores, ni las niñas jugaban a las muñecas, ni, agregamos nosotros, unas y otras gustaban más dulces que los extranjeros; que Dolores entraba en la edad de las ilusiones, o de la presunción, como la llama el vulgo, y al paso que crecían sus necesidades, se disminuían los logros; que el hermano pequeñuelo se criaba enfermizo y no era fácil aprendiera un oficio o arte en que por lo pronto lucrara y las ayudara; en fin, que forasteras en el país, sin allegados ni muchos amigos, por la misma reclusión en que habían vivido hasta allí, era muy de temerse sorprendiera la muerte a la madre y quedase la doncella hermosa y desamparada en el mundo.

Este último pensamiento, como se lo imaginará cualquiera, era el que más combate daba al ánimo apocado y flaco de doña Margarita.

-A mi fallecimiento -solía decir entre sí- que por ley natural debe acontecer primero que el de mis hijos, ¿qué les dejaré que les liberte de los horrores de la miseria? Una educación. Pero, ¿quién cuida de Dolores mientras se casa? ¿quién hace mis veces cuando lloren, cuando enfermen? ¿De qué modo se preservará la pobrecita de mi hija de las seducciones y engaños del mundo si muchas veces no bastan a evitar su maligno influjo la presencia y vigilancia de los padres?

Claro está que el matrimonio de Dolores era la única tabla de salvación que se ofrecía a sus ojos, en las tribulaciones de su amor maternal. Y así como otras madres por conveniencia o por capricho contradicen y evitan los enlaces de sus hijas, ella alentaba el de la suya y aun puso los medios de que se efectuara cuanto antes. El primer hombre que halló digno de su mano fue Andrés C... y con él la casó a los pocos meses de relaciones amorosas.

Digamos cuatro palabras acerca de los antecedentes de este joven, y acerca del cómo y cuándo conoció a Dolores.

El padre de Andrés, paisano de doña Margarita, estuvo medio unido por lazos de estrecha amistad y aun por relaciones de parentesco, aunque lejano, con los padres de ésta en la Florida, y si bien al principio no se trataron aquí, sin embargo, el primero había conocido allá a la segunda, y a la fecha de nuestro cuento hacía un año poco más o menos que se habían hecho amigos, por resultas de un suceso bien casual.

El paisano de doña Margarita, llamado don Gervasio C... estaba casado, tenía varios hijos, entre ellos Andrés, que era el primogénito y poseía un establecimiento de baratillo en la calzada del Monte, donde moraba casi desde la época de su emigración de San Agustín de la Florida.

La tarde de un día aciago para la vendedora de flores de la floridana, tuvo el capricho de salir extramuros de la ciudad y echar por la calzada abajo entrando en éste y en el otro baratillo por si le compraban algo, pues iba a ponerse el sol y no había hecho ni dos reales de la venta. Uno de aquellos, donde acertó a entrar la lenguaraz muchacha, fue en el de don Gervasio.

Llamáronle mucho la atención el brillo y frescura de los tintes de las flores, no menos que el primor y naturalidad con que estaban fabricadas y así preguntó a la vendedora:

-Estas flores, ¿son de fuera?

-No, señor -contestó aquélla con prontitud- mi ama y la señorita las hacen en casa.

-¿Pues de dónde son tu ama y la señorita?

-De una tierra que está muy lejos de La Habana y se llama la Florida.

-¡La Florida! -repitió el baratillero pensativo.

-Sí, señor, de la Florida -agregó la vendedora-, es decir, mi señora solamente es de allá, porque la señorita nació aquí y se crió aquí.

-¿Cuál es el nombre de tu señora?

-Doña Margarita Menéndez, hija de don Salustiano Menéndez, y doña Antonia Roncoso. Muy buenos amos: mi madre que los conoció allá, no cesaba de alabarlos.

-Menéndez, Menéndez... Salustiano... Antonia Roncoso... Sí, sí... Efectivamente... Los mismos...

Todos estos nombres y palabras las repitió el floridano cual si hablara consigo mismo, y de pronto, levantando la cabeza, dijo a la muchacha vendedora que lo observaba atentamente:

-¿Has tenido buena venta hoy?

-Malísima, señor: en todo el día no he hecho más que dos reales: de suerte que yo creo que mañana no tendrán con qué comer la señora ni la señorita, ni el niño Juanito, que está enfermo del pecho, ni. .. yo.

-¿Cuánto valen todas las flores que traes en la canastica? -añadió el floridano como si no hubiera oído las últimas palabras de la vendedora; pero ya interesado vivamente por doña Margarita y sus hijos, los cuales no necesitaban otra recomendación a su aprecio que el de ser oriundos de la Florida.

-Este ramito de dos rosas blancas y un botón punzó -repuso la vendedora más animada con aquella mágica pregunta- vale dos reales; este otro de tres claveles matizados, un real; este de moyitas amarillas, un real y medio; esta guirnaldita de espuelas de caballero, dos reales; esta rosa sola, medio; esta pucha de rosas y claveles, y siemprevivas y campanillas que ayer por la tarde hizo la señorita con sus propias manos, tres reales; y estos botones rosados y blancos, un real; por todo once reales justos, ni más ni menos.

-Conque once reales, ¿eh? -replicó Don Gervasio-. Toma doce, y la semana entrante vuelve por acá que puede que tenga necesidad de otras flores, pues las vendo bien a las gentes de este barrio y del campo. ¡Ah! ¿dónde viven tu señora y la señorita?

-Número tanto, calle del Egido, casa de balcón, frente a la muralla, para Paula -contestó la esclava sin titubear, y se volvió a intramuros tan alegre y contenta, que en menos de un cuarto de hora salvó la distancia que media entre la calzada del Monte y el lugar antes citado.

¡Figúrate, amadísimo lector (perdonad la familiaridad y el requiebro, pero agradeced que nos acordemos de vos tan a menudo) figúrate, decimos, el júbilo y el consuelo que experimentarían doña Margarita y Dolores cuando vieron entrar a la criada y les contó punto por punto la escena que acababa de pasarle con el floridano baratillero! ¡Figúrate, asimismo, cuál no serían las esperanzas concebidas, sobre todo por la floridana, cuando a pocos días se presenta el mismo hijo de don Gervasio (buen fanchiulo) para hacerle nuevos encargos de flores en nombre de su padre!

-Por lo pronto -dijo entre sí doña Margarita luego que salió el hijo de su paisano-, ya hay quien tome lo que trabajemos, ¿qué sabemos si Dios en sus altos juicios tiene destinado que don Gervasio proporcione también marido para mi hija? ¿Qué sabemos? ...

Pero hagamos alto aquí. Este episodio va saliendo más largo de lo que pensábamos, y aunque confesamos que nos morimos por los episodios, no queremos morirnos en ellos, y ya es tarde y estamos cansados, y. . . hasta mañana, que será otro día.

IX

La educación de Andrés había sido muy descuidada. Las vicisitudes a que estaba expuesto de continuo el establecimiento de su padre, del cual no era posible sacar más productos que los necesarios para una mezquina subsistencia, lo numeroso de la familia de que dependía, compuesta de doce individuos entre hermanos, padres y criados, hicieron que no se pensase tanto en instruirlo, como de que fuera útil, desde temprano. Por eso, mientras duró su infancia, más tiempo se le vio tras las vidrieras del baratillo que en la escuela. Pero entró para él la edad de las ilusiones y, vivo y apasionado de naturaleza, halló por eso más insoportable aquella vida de encierro, de león enjaulado, cuanto que ya no le quedaba ni el respiro de los primeros años, pues que don Gervasio había descargado en él todo el peso del establecimiento, con achaque de su edad avanzada y de su quebrantada salud.

Andrés era de índole buena y generosa.

Estas cualidades suyas, a haber estado unidas a otras que las fortificaran y dirigieran siempre por un camino recto, sin duda que hubieran producido hermosos frutos de virtud y honradez. Pero a la suma bondad de su alma unía la debilidad del carácter de un niño en tanto extremo, que impulsado por las primeras hubiera llegado a ser un héroe, un varón justo; dominado por la segunda, no hubiera parado hasta el crimen; porque en tales desaciertos, con harta frecuencia vemos caer hombres intachables y al parecer virtuosos, bajo otros respectos.

Las amistades peligrosas, que fácilmente contrajo Andrés, merced a su buen natural y al descuido de un padre confiado y nada ilustrado; prevalidas de esa misma flaqueza de su condición, fueron la causa primera de los primeros extravíos de su juventud. Por su mal, para divertir los días de una vida tan monótonamente pacífica, como era la que llevaba en el baratillo, aprendió a puntear la guitarra y como viese que ni esto le divertía en su reclusión y que su habilidad venía a ser casi nula si no la mostraba en público, dio en velar el sueño de su padre y en abandonar de noche el establecimiento por andarse en serenata con los camaradas, llevando la alegría a los velorios y bateos. No es posible que semejantes escapatorias se ocultasen siempre a la vigilancia de don Gervasio. Súpolas al fin, y con dolor, pues unos ladrones que le asaltaron la casa en momentos en que Andrés había salido, le avisaron de su desgracia y de la falta de su hijo.

Entonces pensó el descuidado viejo en corregirlo y traerlo a buena senda, para lo cual sin decirle oste ni moste arrebatólo a sus amigotes y amiguitas y lo embarcó en un buque mercante que hacía viajes a España, con el santo fin decía, de que aprendiese el arte de pilotaje. Los recios trabajos de esta vida ingrata y azarosa parecieron infundir miedo al alegre muchacho, quien después de los primeros arranques de la cólera cayó en honda melancolía, que hubiera tenido por resultado inmediato una muerte prematura, si el padre, compadecido de su situación y casi forzado por la necesidad de tener quien le ayudara en el manejo del establecimiento, no torna en tiempo el partido de desembarcarlo y llamarlo a sí, esperando por otra parte que un año de galeras (término que duró su aprendizaje) sería suficiente castigo a las culpas de sus mocedades y que en adelante andaría más sobre aviso y cuidadoso de sus intereses y del encargado de ellos.

En efecto, todo hacía creer que Andrés había vuelto de sus viajes si no curado, al menos escarmentado. Conociendo él mismo que todos sus extravíos habían provenido de las malas compañías y desconfiando de su propia virtud, resolvióse a no salir de la casa, para no ver ni oír a ninguno de sus antiguos camaradas que tanto daño le habían hecho. En este tiempo fue cuando aconteció la escena de la ramilletera con su padre. Encargado por él de averiguar si aquélla había dicho verdad, fue a casa de doña Margarita bajo el pretexto de mandarle hacer unos ramilletes, conforme dijimos en el anterior capítulo.

Allí vio Andrés por la primera vez a Dolores, joven de diez y seis a diez y ocho años, que si bien no hermosa, adornada con la modestia y el candor propios de una educación honrada y recogida, había crecido en la virtud y parecióle tanto más bella cuanto que en sus mocedades, como es de figurarse, jamás trató mujer que se asemejase a ella.

Como las personas no de buen parecimiento, pero sí vivas de imaginación, cuyo espíritu les anima el semblante y disminuye y hasta oculta su fealdad, así Dolores. Toda su hermosura exterior estaba en sus ojos grandes, negros y apasionados y brillantes, en la serenidad de su frente ancha y en la sonrisa melancólica que con frecuencia expresaban sus delgados labios, habitualmente descoloridos. También el tono de su voz entre tiple y contralto, que sonaba siempre como un instrumento músico y su talle flexible y esbelto, contribuían a hacerla más interesante a los ojos de cualquier hombre. Fuera de esto, no había morbidez en su cuello, hombros, brazos y manos, ni mucho menos gracia, o por otro nombre, coquetería en sus maneras y aire.

Mujer que había nacido para el amor, para el amor sublime, espiritual, para aquel amor que Dios ha reservado a muy pocas almas, no tenía necesidad de las prendas exteriores que admira la generalidad: bastábale la belleza de su alma, que a manera de luz le rodeaba el semblante para seducir y arrastrar al hombre más insensible. . . ¿y cuál es aquél tan torpe y ciego de entendimiento que alguna vez no distinga y sepa apreciar las prendas morales sobre las físicas, perecederas de suyo y nunca cumplidas?

Andrés, en fin, no pudo menos de enamorarse de Dolores y Dolores correspondió su afecto con las dulces primicias de un corazón que no había amado nunca, mas que sentía esta necesidad con más fuerza, si cabe, que las demás mujeres de su edad y circunstancias. Nuestros dos amantes poco tuvieron que hacer y que entender para decirse a cada rato que se querían porque, o bien doña Margarita iba a casa de don Gervasio, con quien trabó gran amistad por resultas de la venta de las flores y del descubrimiento que descendían ambos de la Florida, o bien Andrés iba a casa de doña Margarita, ya con un pretexto, ya con otro, ya sin él; pues conforme sentamos en el capítulo antecedente, aquella buena señora no deseaba otra cosa que "colocar a su hija (copiamos sus palabras) con un hombre honrado, trabajador y que no le diese mala vida".

Casáronse, pues, Andrés y Dolores, si bien a entero gusto de doña Margarita que creía todavía en la virtud de los hombres faltos de educación, no a satisfacción de don Gervasio, que desconfiaba de la moralidad de su hijo y que sobre todo perdía el compañero que por tanto tiempo le había ayudado a llevar la carga de la familia. Sin embargo, para consuelo de entrambos suegros y júbilo de Dolores, los cuatro o cinco meses primeros de matrimonio, nuestro novio se portó con la mayor honradez. Él no había aprendido el oficio de peinetero sino por pura afición, por entretener los ocios, el fastidio a que le reducía el encierro del baratillo; pero así que vio que tenía obligaciones sagradas que llevar, aprovechándose de la boga en que estaban las peinetas y del crece que había tomado esa industria, pues trabajando a destajo cualquier mediano oficial sacaba dos y tres pesos diarios, pidió trabajo a don Isidro D. . ., cuyo establecimiento era el más acreditado de la época en que hablamos, y cuando principió nuestra historia, allí estaba él colocado y muy querido del amo.

Sabidos ya los antecedentes de la vida de Andrés, de la de doña Margarita y de la de Dolores, principales personajes de nuestro drama, pues es historia y es novela, y lo que quiera el lector, volvamos a anudar el hilo roto por el presente episodio. Mas esto conviene que lo hagamos en capítulo separado, porque éste ya va largo y... Dejamos el blanco para que el lector ponga el calificativo que se le antoje.

X

Ved, pues, si Dolores amaría a Andrés, si la entristecería la inopinada desgracia que sufrió y si le prodigaría toda la ternura de su alma, todos los cuidados que sólo saben desplegar las mujeres verdaderamente caritativas, para verlo pronto fuera de peligro y del todo restablecido. Por consejo de ella desistió él de toda demanda judicial contra el agresor, dejando al juez el continuar o no de oficio, según le pareciese. Porque decía Dolores, y decía bien: -¿Qué necesidad tenemos de perseguir a un hombre que acaso procedió por equivocación? (tan bueno juzgaba a Andrés). ¿Si no se prende y castiga cual merece, no nos exponemos a que lo que antes hizo por necesidad o por error lo haga después por venganza? No hay corazón tan perverso a quien no mueva la paz pintada en el rostro del inocente.

Así que Andrés se vio enteramente bueno y en disposición de trabajar, que fue a los quince días de su desgracia, volvió a la peinetería donde su presencia era tan necesaria. Cuando salía por las mañanas temprano, acompañábalo Dolores al pie de la escalera, allí se despedía de él hasta la tardecita, con muchos suspiros y abrazos, como una amante que la obligan a separarse de su amado por tiempo indefinido; de allí no se movía hasta que Andrés doblaba la esquina y le decía adiós con el pañuelo o la mano, y siempre, durante el día, bajo cualquier pretexto encargaba a la ramilletera que antes de volverse a casa, pasase por el establecimiento donde trabajaba Andrés y le viese y le diese memorias suyas.

¡Oh! ¡Qué verdad es que sólo las mujeres sencillas y de un corazón recto comprenden la poesía del amor, aquella poesía que no está, no en los grandes sacrificios únicamente, sino en las cosas más triviales, más insignificantes de la vida! ¡Poesía que se siente y no se aplica, que se goza y no se canta! ¿Qué le faltaba a Dolores para poseer la felicidad, la sola felicidad que es dable al hombre sobre la tierra, la felicidad de amar y creerse correspondido? Nada ciertamente. ¿Pero quién puede vanagloriarse de haber sujetado la inconstante rueda de la fortuna?

Sucedió, pues, que una de las mañanas que bajó Dolores hasta la calle a despedirse de Andrés, según costumbre, parecióle distinguir tras el guardacantón de la esquina la manta de seda de una mujer, que desapareció luego al instante que su esposo llegó allí y entró en la bocacalle. Titubeó algunos segundos sobre lo que haría, subió tres o cuatro escalones, volvió a bajar, tendió la vista a lo largo de la muralla y no divisando alma viviente por ninguna parte, resolvióse a ir hasta la esquina para desengañarse de si la mujer que antes había visto, o permanecía en el mismo puesto, aunque más oculta, o seguía con Andrés.

Aquélla era la primera vez que Dolores recelaba de su marido, a quien tanto amaba, en quien tenía encerradas todas sus ilusiones, toda su fe, toda su esperanza, toda la dicha que había demandado al cielo en sus más fervorosas oraciones. Pero la duda, una vez aferrada al corazón, es como el ave de rapiña que no suelta su presa hasta que la desgarra, y le ve brotar sangre y apaga su sed y mata su hambre. Aquélla era la primera vez que Dolores experimentaba una sensación tan indefinible: sensación de dolor, deseo de ir y de no moverse, de ver y de quedarse ciega, de existir y de quedarse muerta: temblor en el corazón, temblor en todos los miembros; calor en la cabeza, frío en las manos, y malestar de cuerpo y alma, que no se explica ni se comprende, sino que se siente.

Arrimada contra las paredes de las casas, mirando a una parte y a otra, temiendo no la viesen los vecinos y adivinasen su intento o malicias en lo que no era, deslizóse cual una sombra, llegó al guardacantón de la esquina y asomó la cabeza por la bocacalle de las Damas arriba. La mujer de la manta de seda seguía a Andrés. O mejor dicho, le perseguía, porque éste volviéndose de frente en la medianía de la próxima calle o cuadra hizo ademán como de sacudir el brazo que aquélla le había agarrado; y consiguiéndolo, apresuró el paso y dobló a la derecha, mientras que la mujer en la apariencia despechada, se detuvo un poco mirándole ir y luego tomó a la izquierda.

¿Quién era aquella descarada, que a la luz del día y a veinte pasos de la casa de un hombre casado se apostaba a esperarlo para perseguirlo por las calles? ¿Qué especie de relaciones podrían mediar entre ella y Andrés para persecución tan pública, para detenerlo con la familiaridad de una hermana, con el imperio de una esposa, de una madre o de una amante? ¿Dónde la conoció Andrés, cuya infancia y un tercio de su juventud habían corrido en un pobre baratillo, en la soledad de un barco y luego en el rincón de una peinetería? ¿Qué le debía Andrés? ¿Qué lazos los ligaban?

Semejante tropel de dudas y de ideas tormentosas, de difícil si no imposible aclaración, no eran ciertamente para el alma de Dolores, para aquella alma buena y sencilla, y tan generosa como confiada, que creía en todo, esperaba siempre y no había padecido nunca el mal de los celos.

La pobre joven tornó a su alto más muerta que viva, como suele decirse. No sabía lo que le pasaba, ni por más esfuerzos que hacía atinaba a comprender por qué caminos tan desusados le habían venido aquellas tribulaciones que de súbito oprimían su espíritu sin dejarle respiro para tomar una determinación cualquiera, que ya que no remediara su mal le aliviara al menos. Todo el día se lo pasó fabricando flores, al punto que no concedió descanso alguno a su cuerpo, ni aun para tomar el poco alimento que tomó, más a puras instancias de la madre y porque no sospechase su triste situación, que porque se sintiese en ánimo de pasar bocado...

Aconteció también que Andrés, por casualidad, ya por malicia, tardó aquel día en volver del establecimiento algo que el anterior, y con admiración de doña Margarita, Dolores no pareció inquietarse por ello. ¡Cómo había de aparentar inquietud de infeliz joven, si el dolor que se apoderó de su corazón, apenas vino la noche, y no pudo continuar en la fabricación de sus flores, le quitó hasta el consuelo de moverse y buscar distracción a sus ojos, ya que no a su espíritu!

Cuando se presentó Andrés en la sala, como no habían encendido la luz y como no encontrase a su esposa al pie de la escalera ni en la meseta, como otros días, pues se hallaba entonces sentada en un rincón del cuarto, preguntó por ella a doña Margarita; ésta se la indicó, corrió a su lado con los brazos abiertos y habiéndola colmado de caricias, le dijo entre risueño y alegre: -¿Qué tienes? ¿Te has puesto brava porque hoy me he tardado un poco más que ayer? ¿Hasta cuándo has de ser niña? ¿Me detengo yo por mi gusto, o porque me fuerzan? Vamos, no seas boba, aquí me tienes. Alégrate, sonríeme como siempre, como esta mañana cuando me dijiste adiós, "adiós, hasta la tarde". ¿Te acuerdas?

La única respuesta de nuestra afligida joven fue verter un mar de lágrimas. «¿Cuándo Andrés me ha manifestado tanto cariño?», pensó ella sin acordarse acaso de la tarde anterior, en que le prodigó los mismos abrazos y los mismos besos y las mismas palabras tiernas: pues tan avarientos son los corazones que aman como el de Dolores, que nunca están satisfechos.

«Su propia culpa le vende. Es el remordimiento, no el amor el que le trae a mi seno, a mis abrazos y a mis besos; el remordimiento de haber engañado a una pobre mujer cuyo delito no es otro que amarlo con delirio.»

Por ventura Dolores no andaba muy lejos de la verdad y esto procuraremos aclararlo más adelante, si Dios fuere servido.

XI

Efectivamente, la conciencia de Andrés no se hallaba libre de remordimientos, su conducta no estaba exenta de algunas faltas.

Ya dijimos que su debilidad de carácter lo equiparaba a veces al común de las mujeres, de quienes sin embargo poseía el entusiasmo y la ternura. También dijimos que en su juventud, aunque según las apariencias, había llevado una vida pacífica y oscura, cometió no pocas flaquezas y desaciertos disculpables hasta cierto punto en la mocedad; pero que él no tenía ni la convicción ni las fuerzas necesarias para subsanarlas echando una línea divisoria, inexpugnable entre el pasado y el porvenir, entre el camino de las locuras que hasta allí había seguido, y el camino de la virtud y el recogimiento, que se había propuesto seguir en lo adelante, bajo el santo techo conyugal.

Le hacemos la justicia de creer que sus propósitos eran los más juiciosos y honrados: la suerte, no obstante, dispuso las cosas de otro modo.

Continuaba, pues, el marido de Dolores M... en su ocupación de peinetero. La tarde después de aquella en que encontró a su mujer afligida y llorosa por su tardanza, se retardó algo más, la siguiente más todavía, y las subsecuentes, ya no volvía del trabajo sino a las ocho y media de la noche; aunque siempre disculpándose sin que se lo preguntasen, con que don Isidro le detenía contra su voluntad.

La primera, la segunda y aun la tercera tarde, Dolores no se mostró menos pesarosa con su marido; mas según fueron pasando días, su dolor fue convirtiéndose en remordimiento, y desde entonces, por su mal, empezó a fingir contento, conformidad y alegría, corriendo a recibirlo con la sonrisa en los labios cuando precisamente acababa de derramar un diluvio de lágrimas.

La salvación de Andrés acaso pendía de una sola palabra de su esposa, pidiéndole en tiempo la explicación de su extraña conducta: esta palabra no se dijo y Andrés corrió a su perdición a rienda suelta, envolviendo en su ruina a su virtuosa y buena compañera.

La mujer de la manta de seda que vio Dolores tras el guardacantón de la esquina esperando a Andrés la mañana que empezaron sus padecimientos, esperóle también la subsecuente con el mismo fruto, que ella por ventura no imaginaba recibir de ningún hombre, en vez de hacerla desistir de su mal intento, no sirvió más que para exasperarla y para afirmarla en el deseo ardiente de llegar a su objeto, atropellando por todas las consideraciones de honestidad y decoro, pareciéndole que el desdén de Andrés procedía de la hora y sitio en que salía a esperarle y notando que él solía dejar el trabajo de noche, apostóse en la esquina inmediata al establecimiento de peinetas y apenas le vio asomar y coger la calle tortuosa de Compostela, cayóle detrás, siempre guardando una conveniente distancia, cosa que caminase descuidado, para alcanzarlo y detenerlo de grado o por fuerza, tan luego como se le ofreciera ocasión y lugar oportuno.

Esta ocasión y este lugar bien pronto se le presentaron a pedir de boca. El cielo estaba nublado, la noche era oscura, el viento soplaba recio y frío, las casas se veían atrancadas y las calles desiertas así de animales como de hombres. Andrés, o por distracción o por estudio, siguió la de Compostela adelante hasta la plazuela que está al frente de la casa de Recogidas.

Entonces la tapada, que lo perseguía, imaginando que tomaría a la izquierda por el recinto de la ciudad, apresuró el paso cuanto le fue posible arrimada a las casas, ganóle la delantera con facilidad y se le plantó frente a frente. Andrés, al verla, se detuvo como asombrado y ella, aprovechándose de su momentánea turbación, abrió los brazos, rodeóle con ellos la cintura y le dijo toda llorosa:

-Andrés, ¿por qué me huyes? ¿Qué te he hecho yo?

-Suéltame, suéltame, falsa -contestó él pugnando por desasirse, cual otro José, de los brazos de la mujer de Faraón-. Yo no quiero verte: ya entre nosotros no puede haber paz ni reconciliación. Sobrado tiempo, necio de mí, ¡me has estado engañando!

-Bien, Andrés. Dices que te he engañado, bien, concedo; pero no me huyas, no me mates antes de escucharme.

-¿Y qué disculpa vas a darme tú, que ya no me hayas dado? ¿Qué me dirás que ya no me hayas dicho, muchas veces con diferentes palabras? Eres falsa, eres ingrata, eres voluble, eres en fin, mala... como todas las mujeres... Vete, déjame.

"No quiero, ni debo oírte una palabra siquiera de disculpa. No creo en ti, no te quiero, te aborrezco...

-Bien, di cuanto quieras, cuanto se te venga a la boca, maltrátame como gustes; pero óyeme por esta vez no más; pero dime por qué me huyes, ¿qué te he hecho yo?

-¿Te parece poco haber incitado a Liborio a que tratara de asesinarme indefenso?

-¿Y yo lo incité?

-Sí, tú le incitaste. Porque si no le hubieras dado oídos, como te lo he suplicado un millón de veces, si no le hubieras entretenido con tus coqueterías, si no le hubieras hecho creer, en fin, que algún día corresponderías su pasión, él, estoy seguro, no se habría arrestado a insultarme... ¡Ah! Liborio me la pagará. Yo me vengaré de Liborio como ahora me vengo de ti, pues tú tuviste la culpa de todo.

Parece inútil decir al lector en este punto, que la tapada no era otra que Rosario Valdés, pues ya lo habrá conocido por las últimas palabras de Andrés referentes a su riña con Liborio, aquel personaje que le presentamos aunque por breve rato en el capítulo sexto.

-¡Ah! Eres cruel e injusto conmigo -continuó la muchacha más animada-, porque sabes que te adoro, y porque estás bien persuadido que cualquier desaire tuyo me acabaría la vida. ¿Quién te ha dicho que yo le he dado nunca oídos ni esperanzas a Liborio? ¿Qué querías que hiciera, por otra parte, con un hombre tan sinvergüenza como Liborio, que no se ofende, ni siquiera se pone colorado con los desprecios que yo le hago todos los días? ¿No lo he botado de casa mil veces? ¿No le he escupido a la cara cada vez que ha venido a enamorarme? Vamos, ponte tú en mi lugar, di, ¿qué hubieras hecho tú con un hombre de esa especie? Pregúntale si no hace ya una pila de tiempo que no le hablo, ni le miro, ni le escucho una palabra, ni le hago caso para nada. ¿Qué más quieres, que más pides de mí?

-Sí, sí: tienes razón. Creo lo que me dices. Con todo, veo que ya no es tiempo, que ya no tiene remedio el mal. Suéltame, déjame ir en paz, que en casa me esperan.

... A la manera que el pájaro que va a emprender su vuelo y recibe en el corazón la bala matadora, recoge las alas, dobla el cuello, desciende a la tierra y queda, inmóvil, del mismo modo quedó Rosario al oír las últimas palabras de su querido. "Me esperan en casa" valía tanto como decir: voy ahora a los brazos de mi esposa, porque los tuyos me son ya enojosos, pesados, me fastidian. La pobre muchacha comprendió harto bien el sentido de aquellas crueles palabras, cayéronsele los brazos, inclinó la cabeza sobre el pecho y lloró amargamente. Después de una larga pausa, en que Andrés la contemplaba callado y al parecer enternecido y titubeante, haciendo ella un esfuerzo, dijo en tono de verdadera reconvención:

-¡Ingrato! ¡Más ingrato que ningún hombre nacido, porque te he sacrificado mi honor y mi juventud, y porque ahora te sacrifico mi vida y mi reposo, por eso me desprecias, por eso me abandonas, por eso me dices que te esperan en tu casa!... Vete, ¿quién te detiene? Vete a los brazos de tu mujer. ¡Puede que algún día ella llore como lloro yo mi triste suerte! ¡Puede que algún día tú y tu mujer no tengan quien les enjugue las lágrimas ni quien acalle los gritos de sus hijos enfermos, ni quien les dé un pan con que matar el hambre! Vete, corre a los brazos de tu mujer, antes que pregunte por ti y se inquiete por tu ausencia. Mi cara no la has de ver en la vida, te lo juro.

Y sin decirle más palabra, se abrigó bien la cabeza con su manta, y volvió atrás por la misma calle. Andrés, por la de Egido, pesaroso y atribulado, continuó hasta su casa, y el cuento también.

XII

Rosario, persiguiendo a Andrés, se había alejado mucho de su casa, en el callejón de la Samaritana, de modo que antes que torne a ella muy bien podemos adelantamos nosotros y describirla aunque ligeramente.

Componíase de una salita cuadrada con una ventana angosta a la izquierda de la puerta, la cual tenía delante un escalón de piedra: al frente se veía una escalera de madera que servía de comunicación con una especie de zaquizamí, cuyo techo era gacho, que solamente en el centro podía revolverse de pie una persona de mediana estatura y sin otro respiro que una como claraboya o ventanita mirando a la calle. Abajo había muy pocos muebles: un tinajero cojo, varios taburetes de madera, un fogón portátil, cuyos trébedes eran tres pedazos de arco de pipa, y un biombo puesto de manera que lo ocultara a los que pasaban por la calle; además una batea colocada a guisa de tapa sobre un barril, que fue de harina, y en la pared, a la derecha, poco elevada, una estampa de media vara en cuadro, representativa del ángel san Rafael y el joven Tobías, éste con un pez en la mano, aquel gallardo mancebo con el bordón del peregrino y conduciéndole a casa de Gabelo, a cobrar los diez talentos que le debía a su padre, ciego y pobre, según más largamente se refiere en la Escritura. El marco dentro del cual se hallaba la estampa, veíase adornado de variedad infinita de lazos de cinta y "milagros", es decir, de manecitas, piernecitas, ojitos y cabecitas de plata.

La única luz que alumbraba en la sala era la fija perpetuamente al lado del cuadro, y bajo de ella, en la noche de que hablamos, junto de una pequeña mesa de cedro se hallaba sentada seña Caridad Chirinos, que ya conocen nuestros lectores desde el capítulo tercero de esta historia.

Entreteníase a la sazón la buena vieja en leer una novena, no sabemos de qué santo. La puerta de la casa estaba entornada, sujeta por dentro con una silla. Cerca de las ocho, dieron dos golpecitos muy suaves en la hoja, levantóse la vieja, tal vez creyendo que era su hija, asomó la nariz por la estrecha abertura y preguntó:

-¿Quién es?

-Yo, seña Caridad -contestó una voz fuerte de hombre.

-¡Ah! ¿Era usted, don Liborio? -añadió aquella sin abrir-. Como vengo encandilada de la vela, a fe que no le había conocido. Está usted tomándose todo el f.resco, ¿eh? Buen valor.

-¿Y qué, tiene usted miedo de los ladrones, por ventura?

-¿Yo? No, por cierto; pero como corre un airecillo tan frío y como me hallaba sola, entorné la puerta.

-Pues, ¿dónde anda Rosario a estas horas?

-¿Rosario? ¡Ah! El demonio son las muchachas: no le tienen miedo a nada. Rosarito es más guapa. . . que la espada de Bernardo: a ella no la detiene ni el frío ni el agua: en queriendo salir a la calle, sale. Nosotras las viejas no podemos hacer esas gracias todos los días: no servimos para maldita la cosa: en sacándonos del dormir, del comer y del rezar, somos un trasto que se arrima a un rincón y allí se está.

-Pero, ¿qué es eso? ¿no me abre usted? -agregó don Liborio, que conoció que la mulata no sólo había eludido completamente su pregunta, sino que parece llevaba trazas de dejarlo tiritar en la calle.

-Creí que iba usted de largo -respondió la astuta vieja sonriendo y quitando la silla que sujetaba la hoja de la puerta. Don Liborio, sin replicar palabra, entró en el momento.

Era el tal, un hombre de más que mediana estatura, fuerte, trabado de cabeza y cara grande, de pelo negro y aindiado; queremos decir, lacio y recio, patillas del mismo color, recortadas en forma de media luna, las cejas pobladas, los ojos chicos y vivos, la nariz larga, pero bien hecha, la boca grande y sin gracia, los dientes amarillos de humo de tabaco, las manos muy velludas y anchas, y el rostro sembrado de muchos barros de color bermejo, que contrastaban con el de su cutis blanco de leche. Vestía chupa de dril crudo, pantalones de mahón marañuela, corbata de seda formando una lazada con las puntas sueltas y colgantes, y camisa de batista muy fina y bordada. Traía en la cabeza un sombrero de felpa color carmelita claro, de los primeros sombreros de felpa que empezaban a usarse entonces en

La Habana. Por bastón portaba en la mano derecha una gruesa vara de medir de ácana, distintivo de su ocupación cotidiana, porque hemos de advertir, que don Liborio se entretenía en revender por las calles piezas de géneros de poco valor, tales como muselinas, plantillas, yocós, gasas, etc., ya sacándolas al fiado de alguna tienda, ya comprándolas: especie de ganguería a que en la época de que hablamos se dedicaban muchos hombres robustos y fuertes.

Habiendo la Chirinos entornado la puerta como antes, volvió a ocupar su puesto, cerca de la mesa, y el hombre, sin esperar a que le invitasen, sentóse frente por frente de ella, para lo cual arrimó primero la vara a un lado, cruzó las piernas y metió dentro de ellas ambas maños juntas, en ademán de quien siente mucho frío. Durante breve rato ni la una ni el otro hablaron palabra: don Liborio miraba fijamente a la frente de la vieja, y la vieja leía para sí en la novena de que arriba hicimos mención. Al cabo aquél dijo:

-¿Sabe usted, seña Caridad, que aquí hay más frío que en la calle? ¡Quién lo creería!

-Jun -repuso la vieja formando con la garganta un sonido bronco, muy semejante al que hacen las palomas cuando arrullan; pero sin levantar la cabeza, que actualmente la tenía cubierta con una manta oscura de algodón sujeta bajo la barba con la mano derecha, a manera de toca monjil.

-Parece increíble -prosiguió el hombre de la vara, sin turbarse- que con una noche tan mala se haya atrevido Rosarito a salir sola por esas calles de Dios.

-Ella no ha ido lejos: aquí a la vuelta como quien dice.

-¿A la tienda de don Isidro, eh?

-¿Qué tiene que buscar Rosarito en la tienda de don Isidro?

-Tal vez a que Andrés le compusiera la peineta que le rompieron noches pasadas...

-Que usted le rompió, por decirlo de una vez -interrumpióle la Chirinos de mal humor.

-¡Ay, seña Caridad! nadie sabe como está nadie, porque nadie va a casa de nadie.

-Yo no lo entiendo a usted.

-Yo me entiendo y Dios me entiende.

-Lo único que yo entiendo -replicó la vieja levantando algo más la voz- es que usted hizo una cosa muy mal hecha. Sí, señor, porque la peineta no era de usted, y usted no tenía ningún dominio sobre mi hija y mi hija podía ponerse cuantas peinetas le diera la gana.

-¿Y por qué en vez de ponerse la peineta que yo le regalé dos días antes, no se la puso, sino que esperó que Andrés le acabase otra precisamente la noche del baile, y a la hora de salir? ¿Quién tiene paciencia para aguantar un desaire semejante? ¿Qué, yo no tengo sangre en la cara? Ya que no quiso ponerse mi peineta, ¿por qué se puso la de Andrés? ¿La de Andrés era más bonita, más costosa que la mía? O la mía, o ninguna. Así es como procede la gente que no trata de molestar a la otra gente.

-Pero si mi hija no ama a usted ni le gusta nada de usted. El querer no ha de ser forzado, sino voluntario.

-¿Y cuál es la razón que tiene su hija de usted para no quererme a mí?

-Claro está: la razón de que no le sale de adentro el quererlo.

-Pues Andrés no es mejor que yo, ni él gana más dinero que yo, ni es más generoso que yo con las mujeres. Además, yo soy un hombre libre por todos cuatro costados, que no tiene niño que le llore ni perrito que le ladre.

-¿Y Andrés también no es un hombre libre?

-¿Quién, Andrés? -prorrumpió don Liborio dando una gran carcajada-. ¿Libre Andrés? Sí, libre de buenas comidas. ¿Pues no se casó hace una pila de tiempo? Conque ya tiene la mujer embarazada. -¡Qué me dice usted! -exclamó seña Caridad levantándose como espantada de oír una cosa horrible-. ¡Andrés casado! ¡Andrés haber engañado a mi hija! ¡Infame! ¡Mal hombre! ¡Y mi hija no me lo había dicho! ¡Oh! ¡rabia! ¿Pero -añadió de pronto sonriendo y fingiendo que se serenaba- usted se chancea, no es cierto, don Liborio? Es usted capaz de matar a cualquiera con sus mentiras. ¡Qué malo es usted! A bien que ya lo conozco.

-¿Usted no lo quiere creer? -añadió nuestro hombre más animado, pues harto comprendió el efecto que sus palabras habían producido en el ánimo de la astuta vieja-. ¿Usted no lo quiere creer, seña Caridad? Pregúnteselo a Rosario cuando venga, pregúnteselo a Andrés cuando lo vea. Yo no digo mentira nunca.

-¡Qué pícaro es usted! ¡qué pícaro! -replicó la vieja todavía sonriendo; pero sin poder contener el temblor convulso que se había apoderado de todo su cuerpo-. Confieso que la chirigota de usted me ha hecho mucho mal, porque la primera impresión nadie puede evitarla: sin embargo, yo no creo lo que usted me dice.

-Bien, no lo crea, no me importa: tampoco yo la fuerzo. A bien que lo que digo es tan verdad como ahora es de noche, y esa luz alumbra a ese santo buen mozo. El correo lo dirá. ¡Eh! Conque dígame adiós, que me marcho.

Y diciendo y haciendo fuese, dejando a la pobre mulata que no sabía lo que le pasaba.

XIII

No bien había salido don Liborio de casa de seña Caridad, cuando entró Rosario Valdés. Hubo tan corto espacio entre la salida de aquél y la entrada de ésta, que hace presumir no se encontraron en la calle, puesto que si nos atenemos al tenor de la escena del capítulo antecedente, las intenciones del "revendedor de ropa" era hablar a la muchacha y acaso insultarla y nunca podía presentársele ocasión más favorable.

La impresión que habían causado en el ánimo de la vieja las últimas palabras de aquel mal hombre, a tal punto le trastornó la cabeza, que ni siquiera tuvo cuidado de cerrar la puerta otra vez, cosa de que ella estaba muy pendiente, más por costumbre que por miedo o prudencia: de modo que Rosario no tuvo necesidad de llamar, sino que se entró de golpe y quedó muy admirada de ver a su madre como santo de palo, sin habla, sin movimiento.

Con todo, estas dos facultades que Dios le había concedido con larga mano, interrumpidas por breve rato, volvieron a desatarse a la vista de la hija, la cual no podía haber escogido peor ocasión para aparecerse.

-¿De dónde vienes ahora? -le preguntó en tono áspero.

-La pregunta es excusada, mamita -respondió la joven con no menos enfado-: usted lo sabe tan bien como yo.

-Sí, irías a jeremiquearle y a suplicarle al sinvergüenza de Andrés. Para buena cosa has quedado tú en el mundo. Pues de aquí en lo adelante te prohíbo expresamente que le mires a la cara siquiera.

-Tarde viene, madre, la prohibición, ¡muy tarde! -exclamó Rosario entre enojada y abatida.

-¿Cómo se entiende eso? -gritó seña Caridad airada y manoteando como una energúmena-. ¡Tarde! ¡Tarde! ¡Nunca es tarde para que tú me obedezcas pues eres mi hija! Nunca es tarde para tomar venganza de un hombre que se ha burlado de ti, cual si fueras una vil negra; nunca será tarde para arrancar el corazón al hipócrita infame de Andrés, que nos ha engañado a las dos. ¡Oh! yo me vengaré de él, sí, yo me vengaré, lo juro por el arcángel san Rafael que nos está mirando. Mi mano ya no sirve, tiembla mucho, no puede dar golpes fuertes, no puede enterrar el puñal hasta el cabo en el corazón del sinvergüenza que nos ofendió. Pero yo buscaré una mano que no tiemble. ¡Ah! ¡Qué me trague la tierra ahora mismo si Andrés no me la paga!

Tal vez Rosario, momentos antes, había abrigado las mismas intenciones homicidas de su madre, pero al oírla pronunciarse de aquella suerte en tono tan exaltado e iracundo, cobró horror de súbito, olvidó todos los agravios, todos los desdenes, todas las faltas de su amante, y desde luego no pensó más sino en que había otra persona que atentaba contra una vida que le era tan cara. El amor gritó en ella con más fuerza que otra pasión cualquiera, y de acusadora de Andrés se volvió en protectora suya.

- Vaya, madre -dijo-, que no me canso de admirar lo que usted está diciendo ahí. ¿Es eso, por ventura, lo que me aconsejaba la semana pasada y aun esta tarde misma? ¿Se le ha olvidado que casi me forzó usted a que fuera a esperar a Andrés más de cuatro mañanas seguidas junto a su casa? ¿Se le ha olvidado, madre, que por consejo de usted (¡ojalá no hubiera tomado ninguno!) fui a velarlo cuando salía de su tienda, porque me dijo usted que él acaso se excusaría de hablar conmigo en la calle y de día claro? ¿Qué ha hecho Andrés de nuevo para que lo infame usted como lo infama y desee matarlo?

-¿Y me lo preguntas tú, mala hija? Si tuvieras vergüenza, estoy segura que no me lo preguntarías; o por mejor decir, si tú no fueras tan tonta, pues parece que de nada te valen las advertencias. Andrés se hubiera contenido y se hubiera guardado muy bien de haber hecho lo que ha hecho.

-Pero, ¿qué es lo que ha hecho, mamita? Acabemos de una vez.

-¿Te parece poco el haberse casado, cuando estaba comprometido contigo?

-¡Ah! ¡Dios mío! ¡Dios mío! -exclamó la muchacha tirándose de los cabellos-. Aquí ha estado Liborio, Liborio que es mi condenación y el demonio que me persigue por todas partes. ¡Ah!...

-Sí, échale ahora la culpa a Liborio, no podías hacer cosa mejor. ¿Por qué me habías ocultado el casamiento de Andrés? Vamos, responde. Te quedas callada, ¿eh? ¿Bajas la cabeza? Lo más acertado era que te ocultaras bajo siete estados de tierra. ¡Qué vergüenza! ¡qué infamia! Se ha casado Andrés. Vamos ¿y qué piensas tú hacer ahora? ¿Dónde escondes esa cara? ¿Dónde te metes que no seas la burla y el escarnio de todas las mujeres? ¿Cómo, si yo sé qué él se había casado te aconsejo que procuraras verlo y atraerlo? Cuando yo creía que Andrés huía de nuestra casa por celos de Liborio, salimos con que se ha casado. ¿Y quieres que no me ofenda ni me insulte? ¡Oh! Yo te prometo, a fe de Caridad Chirinos, que él no vuelve a engañar a otra mujer. ¡Que me caiga aquí muerta si no me vengo de ese hombre infame!

-Madre -repuso la joven llorando-, si Andrés quiso casarse y se casó, ¿qué iba yo a hacerle? ¿cómo iba a impedírselo? Si Andrés se aburrió de mí y deseó encontrar otra mujer que le agradara más, ¿de que modo pude yo evitarlo? ¿Usted no me ha dicho muchas veces que el querer es voluntario?

-¡Ah! Eres una tonta, eres una mentecata y todo lo que te sucede te está bien empleado. ¿Conque no hay remedio de sujetar a un hombre que quiere irse? ¿Conque tú creías, según eso, que el hombre que ama una vez ama toda la vida, no? ¿De qué te sirve el conocimiento? ¿De qué te sirven mis continuas advertencias? ¡Oh! Tú no eres mi hija, en nadita te pareces a mí. Pregunta, pregunta por ahí, a ver si alguien te dice que Caridad Chirinos fue engañada alguna vez por ningún hombre de una manera tan vil como lo has sido tú por un mequetrefe miserable, indigno de la chancleta de una mujer de bien.

-En efecto, mamita, como usted decía antes, yo no soy su hija, no me parezco en nada a usted, de nada me han servido sus advertencias; sin embargo, dice que he sido una tonta, creo que no he sido más que desgraciada; que no debí haberme fiado nunca de Andrés: ¿cuándo se desconfía nunca de la persona que amamos?

-Pues bien, ahí está, ahí está tu error, la tontería más grande que pudieras haber cometido en el juego. Sí, es claro: el que se tapa los ojos no ve el camino y el que se emborracha pierde la calle de su casa. Conque sabe Dios, en la cabeza firme y los ojos claros, cómo sale una de los lazos que nos tienden los hombres a cada rato... Pero dime, que todavía no lo sé, ¿con quién se casó Andrés?

-¿El que vino a contarle el milagro, no le contó el santo? -repuso pícara la Valdés.

-No, señor, no me lo contó -gritó llena de ira la madre-. ¿Querrás también ocultarme quién es la mujer que se casó con un hombre tan pícaro y desalmado?

-No, madre, pero me parecía muy regular que el lengüilarga que le trajo la noticia del casamiento, estuviese más puesto que yo en el asunto... La mujer de Andrés... es... doña Dolores M...

-¡Ah! -exclamó la vieja dándose una fuerte palmada en la frente-. ¿Por ventura era aquella que te tuvo en los brazos mientras te duró el desmayo? ¿aquella que te aflojó el vestido y te roció el pecho con agua de colonia? ¿Y será posible que por este palo de escoba vestido te haya dejado Andrés? ¿Será posible que una mujer tan fea te haya desbancado? Muérete, muérete, Rosario, muérete ahí de vergüenza.

-Madre, madre -dijo la joven sollozando-, ¿conque usted en vez de darme consuelo y aconsejarme me atribula más y más?

-¿Consuelo, hija? Ya tú no tienes ninguno. ¿Consejo? ¿De qué te han servido los que te he dado desde que empezaste a pararte? Tu mal, hija, ya no tiene más que dos remedios... Violentos, eso sí...

-Diga usted, diga usted, cuáles son esos remedios, mamita, que por violentos que sean, yo me creo con las fuerzas...

-No te apresures a pedírmelos, Rosario -la interrumpió la vieja con calma.

»Precisamente porque te conozco, no debía declarártelos... adivino tu respuesta.

-Pero, ¿qué se pierde con decírmelos?

-El uno, introducir la discordia entre Andrés y su mujer.

-Impracticable, mamita, de todo punto impracticable, porque ellos se quieren mucho y están muy unidos, me consta.

-El otro -añadió la vieja con cierta solemnidad-, quitar a Andrés de en medio.

-¡Jesús! ¡madre, qué horror! --exclamó la muchacha tapándose la cara con las manos.

-Pues no hay más. O separamos a Andrés de su mujer, o le matamos. La imposibilidad de conseguir el primer remedio nos obligará a apelar al segundo. Y no pienses que te los he descubierto porque mi ánimo no es consultar tu opinión, nada de eso. Yo ya he determinado lo que debo hacer.

XIV

Al Ave María del día siguiente, aún entre las dos luces, como suele decirse, seña Caridad Chirinos salió de su casa y envuelta en una manta oscura se dirigió al inmediato convento de Santa Clara, donde las campanas llamaban a la primera misa a los fieles.

Éstos en gran número, compuestos en su mayor parte por la gente baja del pueblo, bien cubiertos con sus capotes, bien con sus mantas como la Chirinos, ya con un tablero en la cabeza, ya con una canasta o un farolito en la mano, ocupaban las dos puertas principales del templo, formando dos compactos grupos mucho antes de que la abriesen. En el momento de meter el sacristán la llave en la cerradura un hombre alto, grueso, cubierto con un sombrero de paja y abrigado con un capote raído, que venía examinando las caras de las personas allí detenidas, tropezó casi sin quererlo con seña Caridad, la cual habiéndolo reconocido por la lumbre del tabaco que fumaba, lo detuvo y dijo:

-¡Ah! ¡qué fortuna! ¡Deseaba verlo! Si usted no está de prisa en saliendo de misa hablaremos.

-¿Tiene usted mucho que hablarme, eh?

-Sí, mucho, y de cosas que a usted le interesan.

-Milagro, porque siempre anda usted zafando el cuerpo y vendiéndome las palabras no por varas sino por cuartas. ¿Viene usted sola?

-No... sí... Espéreme ahí o entre, que no se le caerá encima la iglesia -contestó la astuta vieja, huyendo darle una respuesta decisiva. Y conociendo que quería irse o temiéndolo le echó mano por el capote y lo arrastró tras sí, con amable sonrisa hasta la mitad del templo.

-¡Pierdo una buena acción!... -exclamó el encapotado hablando consigo mismo-. Si pudiera escaparme... pero esta maldita vieja es capaz de seguirme y hacerme una mala obra. Paciencia ya no hay más que paciencia. Y hace que reza la muy pelleja y no me quita los ojos. Veremos, es preciso andar sobre aviso con ella.

Todo este monólogo lo hacía nuestro hombre en uno de los escaños mientras la vieja Chirinos, arrodillada en el centro de la crujía en medio de otras muchas mujeres, manoseaba las gruesas cuentas de un rosario, y murmuraba sus oraciones.

A la sazón no ardían en el templo más luces que la lámpara de plata pendiente del arco toral y las de dos bujías colocadas allá en el fondo sobre el altar mayor, delante del que un reverendo franciscano celebraba el oficio divino: por manera que los varios grupos de los fieles arrodillados en el centro de la crujía más semejaban sombras que criaturas humanas. De cuando en cuando la campanilla del ayudante resonaba aguda y lejana por las altas bóvedas de la iglesia y apagándose repentinamente los murmullos sordos y prolongados de los que oraban, sólo se oían los hondos y huecos golpes de pecho, pisadas sobre losas de sepulcros vacíos. La escena no podía ser más solemne, más pavorosa. El hombre del rasgado capote, que al parecer no había tomado parte en el fervor general, no hacía más que mirar a una parte y a otra, como azorado: acá montones de cabezas fijas, oscuras, sin expresión; allá dos luces vacilantes y dos hombres moviéndose ante ellas; acullá las puertas del templo abiertas de par en par y el mortecino brillo del alba y las apagadas estrellas en el fondo de un cielo azul.

Sin duda se había abstraído completamente en la consideración de objetos tan extraños, porque cuando se acabó la misa, se acercó la vieja, tocóle en el hombro y le dijo "Vamos"; él tembló de pies a cabeza, como hombre que despierta asustado.

Callado y pensativo siguió el encapotado los pasos de su conductora, la cual así que dobló la esquina, detúvose a la sombra de los paredones del viejo convento y habló de esta manera:

-¿Sabe usted, don Liborio, dónde vive Andrés ahora?

-¿Cómo dónde vive ahora? Donde ha vivido siempre.

-No, porque desde que dejó la navegación he sabido que se mudó dentro de la ciudad y él antes vivía fuera de las murallas, en la calzada del Monte. Mas esto poco importa. ¿Sabe usted dónde vive?

-Demasiado que sé: frente a la muralla, allá por Paula, casa de...

-Bien, bien -le atajó la Chirinos de pronto-. ¿ Conoce usted a su mujer?

-¿Luego parece que usted se ha convencido de que yo decía verdad? -replicó riendo y sin responder directamente a la pregunta el encapotado.

-Sí, me he convencido, don Liborio. La misma Rosarito, mi hija, me contó anoche lo que había habido en el asunto. Pero contésteme usted. ¿Conoce usted o no a la mujer con que se ha casado Andrés?

-Toma, que si la conozco; desde chiquitica. ¿No ve usted que yo le he vendido a su madre algunos cortes de túnico de yocó y de muselina y de guinga? Buena señora parece: paga los géneros al precio que le piden ¡oh! si comprara mucho... sería la mejor de mis parroquianas. Pero son unas pobres gentes que tienen que trabajar para vivir. Se ocupan por lo regular en hacer flores de trapo, muñecas, jugueticos y dulces. Yo creía al principio que Andrés era hijo de la señora o querido de la muchacha y el que mantenía la familia. Porque, decía yo, hoy día con flores y muñecas y dulces solamente no se puede pagar casa alta, ni comprar túnicos y mantas de seda, ni mantones para ir a misa, ni zapatos de raso, ni. . .

-¿Conque sabe usted -le interrumpió la Chirinos otra vez- cuál es la casa de Andrés y quién es su mujer. . .? Me alegro. ¿Ha observado también qué tal se llevan? ¿Están muy unidos? ¿Se quieren mucho?

-¡Ah! Sobre eso sí que no puedo darle ninguna razón, seña Caridad; pues desde hace muchos meses por rareza me llaman en esa casa, y cuando yo entraba en ella con más frecuencia casi nunca me topé con Andrés. Como gentes forasteras que son viven solas y se tratan poco con las otras gentes. Pero ¿a qué vienen tantas preguntas, seña Caridad? ¿Me está usted confesando, por ventura? ¡Sobre que me están entrando ganas de no responderle más!

-Andrés ha engañado a mi pobre hija y me ha engañado a mí -repuso la mulata con entonación declamatoria-. Es preciso que yo me vengue de Andrés y vengue a mi hija. Éste es el fin de mis preguntas y nadie mejor que usted me puede servir en el asunto.

-Es decir -añadió don Liborio riendo como un sandio- que a su hija se le cae la baba por Andrés y que usted, que ha sido engañada por Andrés, me busca a mí, que no soy del agrado de su hija ni de la devoción de ustedes, para que estropee la figura de Andrés y satisfaga a ustedes dos y yo sea el que pague el pato mientras ustedes dos se quedan riendo y vengadas. Me parece muy bueno; pero no seré yo el mentecato que exponga mi pellejo por una hija y una madre de quienes no he merecido nunca ni una sed de agua. ¿Conque cuando no me necesitan me botan de su casa y cuando me necesitan me bailan el agua delante? Vaya usted muy en hora mala, seña Caridad Chirinos, y quíteseme de ahí, porque si Dios no me tiene de su mano, soy capaz de hundirle la cabeza entre los hombros. ¡Habráse visto ni oído una proposición semejante! ¿Qué se ha figurado usted, seña Caridad? ¿Yo soy por ventura el gallo de su hija, ni mucho menos de usted para andar vengándolas de los agravios que les hacen los hombres? ¿Cuándo me ha puesto Rosario ni una buena cara siquiera?

-¿Y si yo le prometiera a usted que ella lo querría mucho más que a Andrés, me serviría usted?

-Puede que entonces me determinara -contestó el hombre cuadrándose delante de la vieja-. Con todo -añadió después de un momento de reflexión-, la promesa de usted no me satisface, porque si yo no le caigo en gracia a su hija en balde será que usted le mande que me quiera, y lo repito; para salir luego con los tiestos en la cabeza, no soy yo el que expongo mi pellejo por una mujer tan ingrata como Rosario.

-Pero si yo no le pido a usted tanto como exponer su pellejo -objetó la vieja de pronto, conociendo que la indecisión de servirla que manifestaba don Liborio, procedía del temor al riesgo que correría vengándolas-. Confieso que mi primer pensamiento fue quitar a Andrés de en medio, pero he reflexionado que así no quedaría bien satisfecha. Quiero que él y su mujer sufran lo que sufrimos Rosario y yo, quiero que él no goce tranquilidad ni un momento; quiero, en fin, separarlos para siempre, metiendo la discordia entre los dos, hasta que se aborrezcan, si ahora se idolatran. ¿Cree usted imposible conseguir esto? ¡Ah! Es lo más fácil: yo se lo digo a usted. Sin embargo, duda usted prestarse a mi deseo porque recela que mi hija a pesar de todo no le querrá. No sea usted bobo: Rosario conocerá al fin que ya no tiene nada que esperar de Andrés, que no la amaba verdaderamente, sino que su idea siempre fue burlarse de ella; y conocerá también que el mundo no se encierra en Andrés. Esto por una parte, que por la otra, cuando ella vea los servicios que usted ha hecho por vengar sus agravios...

-¡Ah! seña Caridad, no me venga usted tentando, porque aunque no fuera más que por hacerle un mal tercio a Andrés me prestaría a servirla. No obstante, estoy desengañado que Rosario no me ha de querer. Conque porque le di de palos a su amante está contra mí, como una furia. .. Vea usted, yo le di por porfiado, por sinvergüenza. Pretendía hacer creer a la gente que yo era un ladrón de peineta, cuando mi ánimo no fue otro que quitársela a Rosario para que no fuera al baile aquella noche donde supe que iba a verse con Andrés.

-Al fin, don Liborio, ¿me sirve usted o no me sirve? Mire, le prometo que Rosario hará las paces con usted; eso en primeras, en segundas, me comprometo a que dentro de seis días ella aborrecerá a Andrés y lo pondrá a usted en su lugar.

-Mucho promete usted y a mucho más se compromete; sin embargo, no quiero que se diga en ningún tiempo que por mi culpa se dejó de hacer una cosa tan razonable como es vengar a una mujer de los agravios de un hombre. Soy de usted. Dígame lo que se ha de hacer y verá quién es Liborio Mellado. Pero tenga usted presente que si luego salimos con el sueño del gato, no serán ustedes las que se queden riendo de mí, no. A usted y a Rosario les doy una paliza, que la van a contar al otro mundo.

-No hay cuidado -repuso la vieja alegre y animada-, respondo con mi cabeza de todo lo que tengo prometido a usted.

Y en la efusión de su regocijo abrazó al encapotado, citólo para la noche del día siguiente en su casa y se separó de él, repitiéndole que el amor de su hija sería la paga del servicio importante que iba a prestarles.

XV

El dormitorio de Rosario era el zaquizamí que ya hemos descrito; de él no salió en toda la mañana del día que se siguió a su encuentro con Andrés en la plazuela de las Recogidas. La pobre muchacha se sentía tan apesadumbrada, tan triste, tan ocupada de su desgracia, que no bajó a la hora del almuerzo ni hizo otra cosa que llorar y suspirar.

La madre, cerca de las diez, subió a verla, llevándole el desayuno que le dejó sin decirle palabra, cabe la cama donde aún permanecía, cual si así quisiera manifestarle que estaba más indignada que compadecida de su suerte y de su proceder con Andrés.

Esto, como se vio luego, no era más que estudio y astuta preparación del proyecto infernal que meditaba. Había la Chirinos caído en mil contradicciones, ya aconsejando a Rosario procurarse atraer con halagos a su amante desdeñoso, ya prohibiéndole que lo viese y no se le ocultaba, por lo tanto, que perdía la confianza de su hija y con ella las esperanzas de poder vengarse a mansalva de Andrés.

-Dejadla llorar -decía ella poco más o menos entre sí, contemplando a Rosario hecha un mar de lágrimas-, bien pronto el dolor se convertirá en indignación y el amor en odio; entonces entro yo a manejar los hilos de la trama que maquino.

Efectivamente, harta experiencia propia tenía la Chirinos del corazón de la mujer para equivocarse en sus cálculos respecto de lo que pasaba en el de su hija. Porque enamorada ésta por naturaleza y poco o nada acostumbrada a refrenar sus pasiones, para hacerla esclava absoluta de ellas, bastaba excitárselas de cualquier modo. Sin embargo, bien fuese que la vieja se compadeciera al fin del estado de abatimiento en que había caído su hija, bien que quisiera tentar el vado como decirse suele e ir con tiento para no asustarla y errar el golpe, entabló con ella el diálogo siguiente:

-Confieso, hija mía, que tu desgracia me ha afectado mucho y que he andado muy perpleja sobre lo que tocaba hacer como madre tuya que soy.

Levantó la joven la cabeza, miró a seña Caridad con expresión de asombro y no replicó palabra, esperando el fin a que se encaminaba, o por ventura, y es lo que nos parece más natural, dudando que hubiese sinceridad en sus palabras.

-Bien sé -agregó la vieja sin turbarse y como para corregir la impresión desfavorable que habían producido sus expresiones hipócritas-, bien sé que tú poco me agradecerás el cuidado que me tomo por tu suerte, porque ustedes las muchachas, cuando se enamoran, huyen del que les advierte las faltas de sus amantes y buscan al que se las encubre. Con todo, aunque mis palabras te entren por un oído y te salgan por otro, aunque no saque mejor fruto que el que hasta aquí, he reflexionado que no debo desampararte. También he reflexionado que nada sacamos con vengamos de Andrés si al fin de la partida quien sale perdiendo eres tú, puesto que o bien muerto o bien separado de la mujer, de todos modos te quedabas sin él. Porque tal es, hija, la posición en que te has colocado que ni vengar puedes tus agravios sin suicidarte. Yo conozco demasiado que ya Andrés no volverá a ser lo que ha sido para ti, mas igualmente conozco que por abarcarlo todo lo vamos a perder todo y las mujeres más que nadie deben aprender a conformarse con su suerte si quieren vivir y disfrutar.

-¿Ha acabado usted, mamita? -interrumpió Rosario, preguntando a su madre con desdeñosa sonrisa.

-He acabado y no he acabado -respondió afectando mucha calma la vieja-. Sin embargo, habla, quiero oírte.

-Pues bien, es imposible, sí ya es imposible que yo vuelva a hacer las amistades con Andrés.

-¿Y no me decías ayer que mi prohibición...?

-Ayer usted no me entendió, ni me dejó hablar -repuso la muchacha vivamente-. Sí, porque ayer venía tarde la prohibición de que viera a Andrés, cuando ya había resuelto en el fondo de mi alma olvidarlo para siempre.

-¡Olvidarlo! ¿Y por qué? Debo suponer que no es por su casamiento, pues a la cuenta tú lo sabías desde el instante en que lo hizo.

-En efecto, no es por su matrimonio por lo que he hecho este propósito, sino porque estoy convencida que él le tiene a su mujer más amor que a mí. Andrés me dijo que su padre lo casaba a la fuerza, que tal vez saliendo del lado de su padre tendría más ocasión de verme y estar conmigo; pero ¡mentía el muy ingrato! Andrés se fastidió de mí en cuanto vio a Dolores y se enamoró de ella. Además de eso, está persuadido que yo incité a Liborio para que le diera de palos y aunque éste puede ser otro pretexto de que se ha valido para pelear conmigo y salir de un compromiso que ya le pesa, no obstante, sería preciso haber perdido enteramente la vergüenza para andarle suplicando a un hombre tan voluble como falso.

-Y entonces, ¿qué piensas tú hacer? -le preguntó la Chirinos clavando los ojos en el lloroso semblante de su hija como para observar lo que verdaderamente sentía en aquel momento.

-¿Yo? No pienso hacer nada. ¿Qué quiere usted tampoco que haga? ¿No aprobando de ningún modo los dos medios que usted me indicó ayer, todavía me pide usted una confesión de mis pensamientos?

-¿Y si yo me empeñara y aún consiguiera que Andrés hiciese las paces contigo?..

-¡Madre! -exclamó la joven-, por el amor de Dios, no me venga usted a dar esperanzas que no se han de ver realizadas.

-¿Por qué no, hija mía? ¿No hay muchos hombres casados y con hijos que mantienen dos y tres mujeres y las quieren mucho y les dan cuanto les piden?

-Mamita -repuso la Valdés irritada-, o usted se burla de mí o usted es la mujer más incomprensible que pisa la tierra. ¿Pues no era usted misma la que me decía que me muriera, que sería la burla de las mujeres, en fin, que no pensara más en Andrés? ¿A cuál de las palabras de usted debo atenerme? ¿A las de hoy o a las de ayer? ¿Qué quiere usted que yo crea de tan manifiestas contradicciones?

-Mira, hija -agregó la madre en perfecta tranquilidad-, no es acertado que compares mis palabras de ayer con las de hoy, porque ayer hablaba yo arrebatada por la cólera y por la desesperación del agravio que Andrés nos ha hecho y dije cosas fuera de lugar y de lo razonable en una mujer de mi edad, hoy no, hoy son otras las circunstancias. Rosarito: ya he tenido tiempo para reflexionar y para ver lo que te estaría bueno y lo que no. Ayer creía que para curar tu mal no había más de dos remedios, hoy creo que hay cuatro y cuantos quieras. ¡Cómo ha de ser, hija!... no todos los días se piensa del mismo modo y si tú no estuvieras tan prevenida contra mí, yo te explicaría.

-Hable usted, hable usted y lleve por delante que no me faltará la paciencia.

-Afortunadamente nosotras dos conocemos muy bien a Andrés y sabemos que él es hombre poquito y sensible y algunas veces tiene arranques de generosidad.

-Bien.

-Tú te finges mala...

-¡Fingimientos, madre, embelecos!... No, no; lo que no ha de conseguirse por la razón y la justicia, más vale que no se consiga. Si Andrés ya no me quiere, ¿qué fingimientos serán bastantes a infundirle amor?

-Pero óyeme, hija, óyeme primero y luego hagas o no hagas lo que digo, apruébeselo o no, poco se pierde. Pues, como te decía, te finges mala, muy mala; yo me hago la encontradiza con Andrés; por supuesto que hablamos de ti, le pinto tu situación con colores vivos, sin descubrirle ni darme por enterada de que tu mal proviene de su desvío; viene a verte (yo haré de modo que no pueda excusarse de venir), y aquí con cuatro lágrimas y otros cuatro suspiros, que no te costarán mucho trabajo, lo reducimos y ablandamos. . .

-Madre -exclamó la muchacha indignada-, dije a usted que no me faltaría la paciencia para oírla, pero cierto que no preví las cosas de que usted iba a hablarme, porque nunca esperé que usted me aconsejara una acción vergonzosa de que mañana o pasado tuviera que arrepentirme. ¿Parécele a usted que todavía no me he rebajado lo bastante con haber ido tres mañanas a suplicar a Andrés que me oyera? ¿Parécele a usted que volverá a amarme si le finjo dolor y sentimiento al mismo que amándole de veras ya no me paga? ¡Ah, madre, cualquiera creería que usted no me conoce, ni conoce a Andrés, ni el corazón de los hombres!

-No me hagas tonta que crea que Andrés volviera a quererte como antes, porque ya eso es imposible; lo que sí creo y tú no lo podrás negar, es que no hay hombre tan duro de corazón que resista a las lágrimas de una mujer y que si Andrés no sigue queriéndote por puro amor, al menos por gratitud...

-¿O por lástima?, no me atenderá. Madre mía, usted está muy engañada. El amor que nace de la gratitud o la compasión no es amor, es como la limosna que recoge el pordiosero por las calles. Y o, gracias a Dios, no estoy tan necesitada para pedir una limosna de amor. Olvidaré a Andrés, procuraré olvidarlo y el mundo no se habrá acabado para mí... Ya me pesa de haber manifestado por él tanto sentimiento...

Esta salida de la muchacha desbarataba todos los planes de la madre: callóse breve espacio y después de un momento de reflexión, dijo como en tono de chanza:

-Vaya, vaya que nosotras dos siempre andamos encontradas: cuando yo quiero ir por un camino, tú prefieres el contrario. ¿Qué es esto, hija mía? ¿También te opondrás a que yo lleve a Andrés tu peineta calada para que la componga?

-Llévesela usted -respondió Rosario con indiferencia-, así como así, yo no he de usarla más en la vida.

-Tú te la pondrás otra vez, no hay cuidado -replicó sonriendo la vieja-, y si no, la de don Liborio... -¡La peineta de don Liborio! ... Primero me pongo en la cabeza una jaba o un peine de caballo.

-Bien, no te pondrás ninguna de las dos peinetas; pero yo quiero que el mismo Andrés que hizo y te regaló la que te rompieron, sea el que la componga. Se la llevaré mañana a la tienda.

XVI

A la hora de ésta, no dejará de pensar algún curioso lector, que por andar tras la Chirinos y su hija nos hemos olvidado de Dolores, de doña Margarita y de Andrés, pero se engaña completamente.

La posición de este último, después de su encuentro con la Valdés en la plazuela de las Recogidas, era de las más difíciles que pueden imaginarse. Por una parte se veía llamado, rogado de una mujer joven y hermosa, a quien conoció y amó en los primeros días de su juventud; por otra se veía rechazado, desdeñado, de una mujer con quien se enlazó más bien por libertarse del compromiso de aquélla que por verdadera pasión que le tuviese a ésta: de manera, que todo hacía creer que lo mismo que tomó como remedio contra su mal vendría al cabo y al fin a resultarle en grave daño.

Era casi imposible que Andrés, media hora escasa después de la escena acalorada que le había pasado con la Valdés en la plazuela, se recobrara completamente y entrase en su casa tranquilo, despejado, alegre. Dolores, para mayor desgracia, ya harto recelosa y picada, le recibió con aquella frialdad, con aquella indiferencia que hiere más que el desprecio mismo; por consiguiente, su confusión creció en lugar de menguarse y a su vez picado, ofendido, quiso pagar con la propia moneda, devolviendo indiferencia por indiferencia, frialdad por frialdad. Desde entonces huyó del corazón de los esposos la confianza de tales y aunque por respeto a doña Margarita disimulasen cuanto podían sus particulares resentimientos, como por amor propio rehuyesen toda explicación franca y detenida, de día en día iban creciendo el disgusto y el agravio de ambos.

Por una fatalidad inconcebible arrojaba Dolores a su marido en los brazos de Rosario.

Al siguiente día, como había prometido a ésta, la Chirinos se presentó en la peinetería de don Isidro llevando la peineta rota, para que Andrés se la soldase y compusiera. Dio la casualidad que aquél no se hallaba a la sazón en casa y como en sus ausencias el marido de Dolores hacía sus veces, viose en el caso de recibir a la vieja y tratar con ella acerca de su pretensión, por cierto inesperada y extraña: oyóla, no obstante, el oficial de peinetero con mucha amabilidad y aunque reconoció la peineta por ser la misma que él un mes antes había regalado a Rosario, no se dio por entendido de ello, al contrario, recelando que la vieja con aquella ocasión buscaba hablarle de su hija, apresuróse a cerrar con ella el trato de la soldadura y a despacharla con achaque de sus grandes ocupaciones. Y como para que no lo importunara con otra visita al establecimiento, le dijo:

-Mañana por la tarde puede usted mandar por la peineta, que ya estará compuesta. Si no estuviera yo en la casa, pídasela a cualquiera de los oficiales, pues para ese caso la dejaré encomendada.

-Yo misma vendré por ella, no sea que la roben otra vez, si mando al muchacho.

Era muy natural que Andrés preguntara entonces del modo como había sido hallada la peineta, pues absolutamente sabía nada en el particular y acaso por eso la Chirinos recordó el robo; pero se llevó chasco, porque sólo dijo:

-Bien, bien, como usted guste, seña Caridad.

-¡Ah! -agregó ella, cual si de pronto se le ocurriese-, hágame usted el favor de que no le dejen de poner punta a la flechita y piquitos a las palomas, pues están rotas. Yo hubiera llevado esta peineta a componer a otra peinetería más cerca de casa, pero como usted fue el que la hizo, calculé que nadie mejor que usted sabría componerla.

-En efecto, pierda usted todo cuidado, que quedará la peineta como si tal rotura hubiera tenido nunca.

-Yo le suplicaría también -continuó la vieja con risita falsa- que después de compuesta, me la mandara o me la dejara usted mismo en casa al pasar, mas no me atrevo, porque parece que nosotras le hemos echado los perros, siendo así que ni gatos tenemos.

Disculpóse Andrés como pudo de la indirecta si bien justa queja de seña Caridad y ésta se marchó en la apariencia muy satisfecha y complacida.

Cosa de las once del mismo día en que la Chirinos estuvo en la peinetería de don Isidro, el "revendedor de ropa", don Liborio, con varias piezas de género sobre el brazo derecho, que le servía de percha, una cajita de cartón bajo el izquierdo y su vara de medir, subió las escaleras de la casa de doña Margarita y metiendo la cara por entre las barras de la ventana, dijo:

-¿Quieren algo por acá, señoritas?

-No -contestó secamente Dolores, que en un extremo de la sala estaba fabricando flores en unión de la madre.

-Llevo cosas muy nuevas, muy bonitas y muy baratas -prosiguió el hombre, entrando en la sala, cual si no hubiera oído la anterior negativa.

-¿No le hemos dicho que no queremos nada hoy? -añadió la misma Dolores.

-¿Pero tampoco desean ver las preciosidades que traigo? -preguntó el vendedor sin dejar de adelantarse.

-No -replicó entonces doña Margarita-. Estamos muy ocupadas. Vuelva usted otro día.

-Es que nada se pierde ni se paga por ver, señoritas. Parece que como hace algún tiempo que no vengo por acá se han peleado ustedes conmigo. Espero que pronto haremos otra vez las amistades; y sepan ustedes, señoritas, que aunque no venda ni una vara de cinta, me gusta enseñar a mis parroquianos los géneros que traigo.

-¿Y qué es lo que trae usted de nuevo? -dijo al fin Dolores viendo la petulancia del vendedor-. Vamos, veamos.

-¡Oh! ¡Muchas cosas! -exclamó acercando una mesita que había por allí, sobre la cual depositó en orden las piezas de género, la caja de cartón y la vara de medir-. Vean ustedes, vean ustedes -dijo luego con aire amable-: muselina de Virginia, la que voló en el globo porque estaba falto de gas, espumilla de Roberson, el que voló; pañuelos de la plaza de toros, cortes de túnico de yocó llamados del viralosa; mantones de Tondá...

-¿Y en esa cajita, qué trae usted? -interrumpió Dolores, cuya curiosidad era grande, mientras su madre con las gafas caladas examinaba los géneros que el vendedor de improviso había bautizado con peregrinos nombres.

-En esta cajita -dijo don Liborio, suspendiéndola hasta la altura de su cara-, en esta cajita, ¡oh! se encierran muchas preciosidades. Solamente a usted se las enseñaré -agregó luego con aire de misterio acercándose al oído de Dolores-, porque yo sé que usted es persona de gusto y que lo entiende. »¡Vea usted, vea usted! Aretes de filigrana, sortijas, alfileres de camafeo, dedales de oro y plata, todo labrado al fuego, a la última moda, exquisito, superior.

-¿Y entre esos algodones qué hay envuelto? -interrumpió otra vez Dolores al locuaz vendedor.

-¡Oh! -exclamó él-. En estos algodones está oculta la obra más perfecta que ha salido de las manos de los hombres, no lo dude usted. Mire usted y muérase de gusto.

Levantó don Liborio los algodones y ofreció a las curiosas miradas de la joven una linda peineta de carey, de las dichas de caracol, con primorosos calados.

-Yo tengo una semejante -dijo ella quitándose la suya.

-Sí, pero nunca puede ser como ésta -repuso entusiasmado el vendedor-. ¡Mire usted qué flecha! parece de verdad, verdad, ¡qué palomitas! parecen vivas; ¡qué hoja de parra! parecen que menean con el aire; ¡qué corazón! parece de gente,

-El mes pasado -añadió Dolores con naturalidad-, aquí, debajo del balcón de esta casa, le robaron su peineta a una muchacha que iba con su madre para un baile. Según las señas que nos dieron en nada se diferenciaba de esa que usted trae.

-No lo dudo -contestó don Liborio sin ofenderse, ni inmutarse-, no lo dudo, porque esta peineta ha sido hecha en la propia peinetería donde se hizo la que le robaron a Rosario Valdés; que sin duda es la persona de que usted me habla.

-En efecto, así creo que se llamaba la muchacha. que digo.

-Yo la conozco como a mis manos y conocía la peineta y quién la hizo y cuándo y todo. Pues para que usted vea lo que es correr con fortuna. La misma noche que robaron esa peineta a Rosario Valdés su madre se la encontró en la calle de las Damas rota en dos pedazos; por cierto que hasta hoy no la han llevado a componer a la peinetería de don Isidro y por cierto también que el oficial que se ha encargado de su composición es don Andrés C... conque para que vea usted si yo estoy impuesto o no.

-Acaso usted mismo sería el que se la vendió a Rosario Valdés, ¿no es esto? -dijo la joven en un estado de agitación tan difícil de reprimir como de pintar nosotros.

-No, señorita, yo no se la vendí: esa peineta no fue vendida, ni comprada: de la peinetería de don Isidro salió en clase de regalo para Rosario Valdés, la hija de seña Caridad Chirinos. ¿Y qué dice usted de esos géneros, señora? -preguntó de pronto don Liborio, dirigiéndose a doña Margarita, cual si no hubiese hecho alto en la impresión que sus palabras habían producido en el ánimo de Dolores.

-¿Qué quiere usted que diga? -contestó doña Margarita- que son muy comunes y que no incitan a gastar dinero.

-No diga usted tal, sino que hoy no están ustedes dispuestas a hacer negocio conmigo. Lo mejor será que yo me dé la vuelta por acá otro día.

-Sí, otro día -repitió doña Margarita-. Pero traiga usted cosas buenas y baratas, que son las que me gustan a mí.

-Está bien, está bien, mi señora. Yo no he venido hoy más que para recordar a ustedes que no hemos peleado.

Salió el vendedor y Dolores, muda, agitada, se puso de nuevo a trabajar en la obra de sus flores de trapo.

XVII

Dolores empezaba a verificar las dudas que le habían atormentado durante largos días y más largas noches. Recordando las circunstancias de la que fue conducida a su casa en un desmayo Rosario Valdés, por resultas del robo de su peineta, halló que el deseo que ella había manifestado por marcharse cuanto antes, procedía de la rivalidad existente entre ambas; que muy bien podía haber sido la misma mujer que días después vio apostada en la esquina esperando a su marido; que las tardanzas de éste provendrían sin duda de sus visitas a la casa del callejón de la Samaritana, donde recordaba haberle dicho que vivía seña Caridad Chirinos con su hija; y en fin, que la peineta robada y luego dada a componer en la propia fábrica donde se hizo, habría sido regalo de Andrés a Rosario.

Semejante traducción saben nuestros lectores cuán racional es y cuán arreglada a los hechos que les hemos presentado en el discurso de esta historia; bien que la clave que dio el maligno revendedor de ropas a Dolores, no era para extraviarse en el camino de la verdad. Así, pues, la celosa consorte, herida en lo más vivo de su corazón, resolvió ir hasta ella con aquel ánimo firme y fuerte que no teme mayores desgracias ni titubea ante el peligro.

Mientras calladamente y con gran fatiga labraba sus flores de trapo, meditaba en los medios de que se valdría para alcanzar el fin deseado. Lo primero que ideó fue ir a satisfacerse por sus propios ojos de la noticia de don Liborio, que decía estarse componiendo por mano de Andrés la susodicha peineta robada; para lo cual se propuso no revelar nada a doña Margarita, a quien era muy fácil engañar sobre el objeto de su salida diciendo que iba a ver las amigas del piso bajo de su casa y acompañándose con éstas, engañarlas también, haciéndoles creer que deseaba dar a componer su peineta en la peinetería donde trabajaba su marido, para cuyo efecto de antemano la rompió en pedazos.

Hasta el momento de salir en dirección del establecimiento de don Isidro, no reflexionó Dolores que su marido debía de extrañar aquella visita intempestiva y sin la compañía de su madre; que quizás no sacaría nada en limpio de aquel paso, pues Andrés o ya habría soldado la peineta o guardándola por pararse la hora del trabajo o escondiéndola a la nueva de su llegada; por último, que cualquiera de estos tres casos que sucediera bastaba para desbaratar sus esperanzas y avisar al. marido de una desconfianza injusta y acaso calumniosa. Meditando en ello la atribulada joven experimentó las mismas sensaciones que había experimentado la mañana que vio a la desconocida mujer de la manta esperando a Andrés en la esquina de su calle. Una fuerza oculta, indomable, la arrastraba a la peinetería y otra no menos poderosa la incitaba a volver atrás. Pero era ya tarde. No se le escondía que Andrés le faltaba en todo, ¿cuánto más grato no era a su corazón vivir amándole en la incertidumbre, que odiarle quizás en la certeza de su delito? Porque a tal extremo debía llevar ambas pasiones una mujer tan celosa como Dolores.

Llegó, pues, ella con sus amigas al establecimiento de don Isidro, el cual las recibió como conocidas de la casa y a la primera, no sólo como tal, mas también como esposa de su oficial más querido; por cuya razón las hizo entrar a la trastienda o taller, donde sólo trabajaba aquél con ser ya oscurecido.

Andrés, por despachar cuanto antes a la vieja Chirinos, el mismo día había emprendido la soldadura de la peineta y habiéndola pasado por el agua hirviendo, la había colocado en el muelle para pulirla, cuando las voces de su mujer y amigas le anunciaron de su llegada. Por listo que quiso andar se presentaron ellas en la puerta del taller a tiempo que la arrancaba y arrojaba en un rincón, acto que no pudo escaparse a los ojos de Dolores, que venía delante y prevenida.

El mismo delito le denunciaba. ¿Qué si no, pudo hacerle sospechar que su esposa era sabedora de sus faltas hasta allí tan ocultas? ¿No podía ser su llegada repentina una cosa muy casual, un acto involuntario, inocente, sin malicia alguna? ¿Sabía él tampoco que ella conociese la peineta calada? ¿Tenía indicios de que se la había regalado a Rosario? ¿Estaba ella impuesta de las relaciones que entre ésta y Andrés existían o habían existido, si ni aún en su boca había oído semejante nombre? ¿A qué venía, pues, aquella ocultación?

Lo que se deduce de esto es que Andrés era aún muy novicio en1a carrera del disimulo, que aún amaba a su esposa y que el mismo ahínco de ocultarle sus faltas le hacía incurrir en otras de más grave trascendencia.

Dolores y Andrés, no obstante, se vieron y se hablaron con la sonrisa en los labios, y la alegría en la frente, con aquella sonrisa y aquella alegría de dos individuos que van a hacerse la guerra, se temen mutuamente y buscan descubrirse algún lado flaco por donde atacarse.

Las amigas, entrando, muy ajenas de que en los corazones de dos esposos tan unidos y amantes rugiese sorda y actualmente la tempestad de los celos, se apresuraban a registrar todo el taller riendo y pasando de un objeto a otro, con la misma insustancialidad que ligereza de las mariposas sobre las flores de un jardín. Andrés, deseando sacarlas de allí, para dar orden de que escondiesen la peineta calada que aún permanecía en el suelo, se ofreció a servirles de guía y las invitó a volver a la tienda, donde había más lindos y mayor número de objetos que ver. Todas accedieron gustosas y la primera Dolores. La puerta de comunicación entre ambos departamentos era muy estrecha.

El oficial de peinetero, para mejor disimular su intento, pasó delante y su esposa con el mismo fin: no quiso ser de las últimas, pero adivinando los deseos de aquél, a la más joven de las amigas que le quedaba al lado, muy quedito le dijo:

-He dejado mi pañuelo en el rincón de la derecha, recógemelo y al mismo tiempo la peineta calada que allí junto verás. Quiero darle un chasco a Andrés.

Cumplió la jovencita con el encargo que le hizo a las mil maravillas, para lo cual no le sirvió poco la ausencia de los trabajadores del taller. Cuando las demás mujeres observaban las hermosas conchas de carey, los peines, peinetas y bastones que les mostraba Andrés con mucha oficiosidad, acercóse a Dolores y más con gestos que con palabras le dijo al oído:

-Aquí está.

-Guárdala bajo la manta hasta que salgamos -, le contestó la sagaz esposa-. Nos hemos de reír en grande a la noche o mañana.

-¿A qué casualidad debo agradecer esta interesante visita? -preguntó Andrés a la sazón; dirigiéndose a todas sus amigas.

-Al deseo de verlo -respondió una de ellas.

-Muchas gracias.

-Y yo venía a ver si usted me soldaba esta peineta -añadió Dolores sonriéndose y quitándose la que traía en la cabeza-. Cuente usted, señor peinetero de agua dulce, que se le pagará el trabajo como guste. Lo que se quiere es prontitud y bondad.

-Será usted servida a medida de su deseo, señora mía -replicó Andrés en el propio tono de chanza, y examinando la peineta añadió-: esta rotura parece hecha hace pocas horas.

-En efecto, no hará ni cuatro que se me rompió -repuso Dolores un si es no es, encarnada de vergüenza.

-Sólo tengo que advertir a usted una cosa, señora, y es que el peinetero de agua dulce, aunque fuera de agua salada, no puede hacerse cargo de la obra de usted hasta pasado mañana, pues está muy recargado de trabajo.

Esta disculpa, aunque usada en son de chanza, era demasiado cierta para no herir el amor propio de Dolores, la cual al momento calculó que la peineta de Rosario debía ser una de las obras que impedían a su marido dedicarse a la suya por lo pronto. Así le dijo, dejando el tono de chanza:

-Pues si hasta pasado mañana no has de componer mi peineta, lo mismo es traerla hoy que la semana entrante -y se la colocó otra vez en la cabeza.

Andrés, o creyendo sinceras las palabras de su mujer, o no queriendo insistir en que dejara ella su peineta por no exponerse a una negativa delante de aquellas otras mujeres o temiendo otro cualquier contratiempo que le pusiese en mayor compromiso dijo:

-Pues ustedes han acabado de ver todo lo que hay aquí y pues yo he concluido por hoy mi trabajo, vámonos a casa; tendré el gusto de acompañarlas. Dispénsenme ustedes por un momento -y entró en el taller. En el instante notó la falta de la peineta calada, pero callóse, ya por prudencia, ya por juzgar que Ciriaco, el muchacho, le había recogido, quien durante el examen del taller por sus amigas, había permanecido sin ser visto de nadie tras las persianas de un cuarto inmediato. Aunque Andrés lo vio al pasar nada le preguntó no sólo por no detenerse, sino por el temor de ser escuchado y ofender a aquellas señoras que creerían se sospechaba de ellas.

Yendo en reunión por la calle, como ya había oscurecido completamente, fácil fue a la jovencita dar a Dolores la peineta consabida, sin que lo echasen de ver los demás y desde el punto que ella la tomó bajo el brazo, parecióle que se había aplicado un tizón ardiendo, una víbora ponzoñosa que le devoraba el corazón. ¡Oh! Cuánto no habría dado la infortunada esposa por no haber ido a la peinetería, ni caído en la tentación de sustraer aquella prenda, objeto de amor para el marido y lazo entre él y la mujer a quien se la había regalado.

XVIII

Como de costumbre, al otro día volvió Andrés a su trabajo, ganoso de dar las gracias a Ciriaco por haberle libertado, aunque sin duda inocentemente, de un compromiso serio con su mujer. Apenas llegó al establecimiento, llamólo aparte y díjole con amable sonrisa: - Picarón, ¿dónde está la peineta calada de ayer tarde? »Vamos, Ciriaquillo, déjate de chirigotas, que tengo mucho que hacer y debo concluirla para esta tarde y salir de seña Caridad Chirinos.

-No es chirigota, don Andrés -repuso algo serio el muchacho-, mire usted quien cogió la peineta porque yo no sé de ella.

-¿Tú no estabas en el cuarto ayer por la tardecita cuando yo la tiré en ese rincón?

-Sí, señor.

-¿Quién otro había aquí entonces que pudiera haberla cogido?

-Eso es lo que no sé.

-No es posible que fuese ninguna de las muchachas que vinieron a visitarme.

-¿Ellas le han dicho que no?

-Tampoco les he preguntado nada, porque sería hacerles una injuria grandísima suponer que me robasen una peineta todavía inservible, pues no está pulida siquiera.

-Pueden mandarla a pulir a otra cualquiera peinetería.

-¿Luego tú sabes que la cogieron ellas?

-¿No le han confesado la verdad?

-¿No te he dicho que nada les he preguntado sobre esto?

-Pues yo creí que esas muchachas no trataban más que de darle a usted un chasco, para reírse un poco. Ellas parece que vieron cuando usted tiró la peineta entre esas virutas de carey. Doña Dolorita, la mujer de usted, al menos así que usted se levantó para enseñarles las cosas de la tienda, con disimulo dejó caer el pañuelo cerca de la peineta y a tiempo de salir todas, una de las muchachas viró para atrás y no sólo cogió el pañuelo sino también la peineta, que escondió bajo el brazo. Todo esto riendo y mirando por todas partes, por si la miraban: yo, que estaba oculto en la ventana, la vi y no me vio.

-¡El diantre son las muchachas! -exclamó Andrés-. Como vieron que yo estaba componiendo esa peineta ya oscureciendo, supusieron que me precisaría entregarla hoy o mañana y me la han escondido para verme apurado. Afortunadamente tú pudiste ver quien se la llevó, que si no hoy me parece que me vuelvo loco.

Esto dijo a Ciriaco para que no maliciara el fin con que sospechaba que su mujer había sustraído la peineta de Rosario Valdés; pero muy diversas consecuencias sacaba él en sus adentros de un acto, en su concepto, ejecutado con premeditación y fina astucia. Entonces resolvió el enigma de la visita intempestiva de Dolores al taller en compañía de sus amigas y no de su madre, como había solido hacerlo, entonces asimismo vio claramente la tempestad de celos que iba a descargar sobre su cabeza, después de haberle amenazado muchos días; pues no era posible creer que la esposa, sin antecedentes de ninguna especie, sospechara de la existencia de tal peineta en poder de Andrés, ni mucho menos que podría pertenecer a una joven, que si al presente no era rival suya, lo había sido y muy poderosa.

Figuraos, lector caro, la consternación y el apuro de un hombre tan pacato como el pobre oficial de peinetero. Por un lado, temiendo las quejas y las reconvenciones de una esposa hasta cierto punto justamente agraviada; por otro, las petulantes reclamaciones de una vieja, no menos justamente autorizada para mortificarlo y apurarle la paciencia, si no le entregaba la obra completa según en los términos en que habían convenido. ¿Cómo salir de semejante atolladero? Negando a la primera y mintiendo a la segunda, no había otro medio. ¿Pero hasta dónde podía llevar este sistema o género de disculpa? ¿Algún día había de descubrirse la verdad? ¿De qué modo entonces satisfaría a Dolores? ¿Qué mentiras, qué fabulas, qué disculpas de su parte bastarían a convencerla de que ya había roto enteramente con Rosario Valdés, de que lo que deseaba era huir de ella para siempre, si le había visto soldándole su peineta, cual si dijéramos el lazo que los uniera? ¿Cómo conseguir el fin que se había propuesto en lo más íntimo de su corazón si ya no le era dable devolver a la Chirinos aquella prenda de la hija, pues desde luego supuso que Dolores no querría entregársela.

Luchando, pues, nuestro oficial de peinetero en este mar de dudas y turbaciones se presentó en la peinetería la vieja seña Caridad exacta entonces más que nunca. Díjosele por orden de aquél, que no quiso salir a hablarle, que la peineta aún no estaba compuesta y que volviese al otro día. Al parecer conforme la Chirinos, se retiró a su casa, y Andrés a la hora acostumbrada, esto es, al oscurecer, tornó a la suya, sin tropiezo alguno por el camino.

Su esposa había pasado una noche fatal. Acometida de sueños horribles cuando dormía, inquieta y agitada cuando no, su estado en la mañana siguiente era bien triste y del todo extraño a doña Margarita; pobre mujer, ignorante de lo que sucedía a su alrededor, que juzgaba a su hija la más dichosa de las casadas. Había ella ocultado la peineta, causa de su desazón, entre una multitud : de vestidos y ropas de su uso y una vez que se le ofreció abrir el escaparate, por orden de la madre para sacar los ramilletes que debían llevarse a vender por las calles aquel día, temblóle la mano, no atinó a poner la llave en la cerradura y viendo que tardaba, acudió doña Margarita y la encontró llorando con la frente apoyada en las hojas de aquel mueble, la llave en el suelo y los brazos caídos, cual si le hubiese faltado allí la vida.

La tristeza de la cariñosa madre al ver a su hija padecer los efectos de un mal oculto y profundo al que no sabía ni podía poner remedio, es más para sentida que para expresada por medio de la pluma. Súplicas, quejas, reflexiones juiciosas y tiernas hasta amonestaciones fueron inútiles para arrancar a Dolores la confesión explícita de la causa de sus pesares y lágrimas.

-Nada siento, nada me duele, nada quiero, de nada me quejo -fueron sus únicas y precisas contestaciones.

Pero en cuanto llegó Andrés, con asombro y alegría de doña Margarita, se enjugaron los ojos de Dolores, volvieron a aparecer la sonrisa en sus labios, el contento en sus mejillas y frente y la serenidad en todo su cuerpo, a la manera que suele nuestro cielo, después de una deshecha borrasca.

¡Pobre mujer que no comprendía nada de lo que pasaba el corazón de la celosa! Aquella sonrisa era irónica, aquel contento fingido, aquella serenidad violenta, el último esfuerzo de un alma noble y generosa que se resigna a la desgracia, y que como los mártires de los bellos tiempos del cristianismo, o como el salvaje de los americanos bosques siente venir la muerte y la espera sin inmutarse, ni dar la menor señal de dolor.

-Vaya que Dolores se ha puesto la más boba y flatosa que puede imaginarse -dijo doña Margarita a Andrés-. Me alegro que hayas venido temprano porque si no me parece que se muere llorando. A no estar tan atrasados te aconsejaría que dejaras el trabajo de las peinetas. En cuanto sales por la puerta empiezan los lloros y los jeremiqueos y no se acaban hasta que no vuelves. ¡Eh! conque no te digo más.

Andrés, que empezaba a comprender el verdadero motivo de las tristezas de su mujer y que temía no fuera a comprenderlo también la suegra, se guardó muy bien de contestar palabra. Sin embargo, cuando más tarde, considerando que de permanecer callado y no provocar una explicación con Dolores no se acabarían nunca los pesares de ella, ni las incomodidades de él, determinó hablarle franca y cordialmente. Además, deseando salir de la vieja Chirinos y que no tradujera su silencio acerca del paradero de la peineta por una confesión tácita de una falta de que no se juzgaba responsable, resolvió a preguntarle por ella a su esposa y arrancársela, si fuese posible, para terminar de una vez tantos enredos y zozobras.

Dolores, al principio negó repetidas veces el haber sido la que sustrajo la peineta del taller; pero ante las pruebas y circunstancias con que Andrés refirió el hecho, no pudo menos de confesar la verdad resistiéndose, no obstante, a entregarla por lo mismo que manifestaba él tanto empeño en obtenerla.

Mas, esta escena la referimos más lentamente en otro capítulo.

XIX

Al terminar el antecedente capítulo, hicimos ánimo de referir largamente en éste la desoladora escena en que los esposos se explicaron sus mutuos agravios; pero hemos mudado de parecer por razones de delicadeza y consideraciones para con nuestras amables lectoras, atento a que, por lo común las discordias domésticas interesan a pocos y son siempre enojosas de oír y de ver. Para la inteligencia de la historia basta que digamos, que fue muy acalorada la disputa; que Andrés negó a pie juntillas sus relaciones pretéritas y presentes con la Valdés; que no bastaron súplicas, ruegos, amenazas para que Dolores entregara la peineta, origen del altercado, y en fin, que los esposos se separaron más enojados que nunca. ¡Así creía la infeliz Dolores levantar una barrera insuperable entre Andrés y Rosario y sin quererlo allanaba el camino por donde habían de verse y mirarse otra vez!

Dos días después los hechos vinieron a confirmar esta opinión nuestra. Importunado Andrés por los reclamos de la Chirinos, agotados todos los recursos para disculparse de la falta de cumplimiento a la promesa que le había hecho y temeroso además de que don Isidro maliciara lo que no era, como de que Dolores y doña Margarita sorprendieran a la vieja en sus visitas cotidianas y repetidas al establecimiento y confirmaran sus vehementes sospechas, determinó ir al callejón de la Samaritana para tranquilizar a aquella mujer si pudiese y suplicarle tuviera un poco de paciencia, puesto que iba a hacerle una nueva peineta, con achaque de que la dada a soldar, se había echado a perder enteramente.

Fue un momento de verdadero triunfo para la vieja y de feliz augurio para los proyectos que maquinaba la tardecita que entró por la puerta de su casa el malaventurado Andrés.

-¿Por dónde ha salido el sol hoy, señor? -dijo ella con mucha alharaca, corriendo a recibirle en el umbral-. ¿Qué viento sopla? Preciso es que hagamos una raya en el agua, porque, a decir verdad, ya creía yo que usted no ponía los pies en esta casa. Siéntese usted, siéntese, que aunque usted es muy mal amigo yo no puedo querer mal a los que una vez he cobrado cariño.

-¡Rosarito! ¡Rosarito! -exclamó de pronto encaminándose apresuradamente a la escalera del zaquizamí, donde parece que estaba la muchacha a la sazón.

-No la llame usted, no hay necesidad -le atajó Andrés asustado-. Para lo que he venido basta con que la haya encontrado a usted.

-Pero siéntese, que no se le pegará el asiento -añadió la vieja tan hipócrita como zalamera-. ¡Rosarito! -prosiguió en tono recio- baja, hija mía, que aquí está el perdido, el olvidadizo, el ingrato...

-Seña Caridad -interrumpió el oficial de peinetero algo serio-, ¿no le he dicho que no llame a Rosario? ¿Para qué va usted a molestarla, si lo que me trae aquí puede zanjarse y tratarse entre nosotros dos?

-¡Pero si ella no se molesta tampoco el ver a usted y hablarle! ¡Vaya, don Andrés, que nunca creía conservase usted tanto rencor a la pobre muchacha! Si así paga usted a todos sus amigos, malhaya sean los que le tienen ley. Deje usted que venga mi hija, quiero que vea a usted en mi casa y le hable y se satisfaga de que usted no ha reñido enteramente con nosotras, porque le hago saber que el otro día ella me contó que usted le había peleado por no sé que celillos de don Liborio y otras cosas por este estilo, que no tienen pie ni cabeza.

Al acabar estas palabras la vieja, apareció en lo alto de la escalera la linda muchacha, que descolgando la cabeza por encima del pasamano, a la manera que una flor cuelga de su bejuco, cual si ignorase el personaje que allí había llegado, preguntó:

-¿Qué quería usted, mamá?

-Mira quien está aquí -contestó ella, apartándose a un lado para que viese claramente a Andrés.

La Valdés en el instante hizo un gesto de enfado y volvió a su cuartucho cerrando con violencia la puerta tras sí. Esta acción, por natural que se la suponga en una joven que se sentía altamente agraviada por el olvido de Andrés, no pudo menos de herir su amor propio y así dijo a seña Caridad:

-¿Usted ha visto lo que ha conseguido con llamar a su hija?

-Cosas de muchachas -saltó con mucha risa la vieja-, cosas de muchachas, pues ahí donde usted la ve tan desdeñosa y tan enojada, se muere por usted, no se oye en sus labios otro nombre que el de usted y no pasa día sin que me pregunte-: ¿Vendrá hoy don Andrés? Conque para que usted vea lo que son las muchachas. Sin embargo que la pobrecita tenía razón para aborrecer a usted, porque ahí entre nos usted le ha pagado mal, muy mal.

-De eso hablaremos otro día, seña Caridad.

-Cuando usted lleve gusto: mi puerta nunca se ha cerrado ni cerrará en la vida para usted.

-Gracias. Mi venida acá tenía por objeto suplicarle haya usted un poco de paciencia, pues la peineta que usted me dio a soldar se me desbarató sin saber cómo, entre las manos, y quiero hacerle una y mucho más linda a Rosario.

-Como usted quiera, don Andrés. Yo bien decía que usted era incapaz de olvidamos, ni de ser ingrato con nosotras y especialmente con mi hija, no se puede negar que usted se ha mostrado siempre generoso, como caballero. Verdad es que ella le paga con usura según le llevo referido. ¿Ha de creer usted que desde que le rompieron esa peineta que usted le regaló no ha querido ponerse otra ni por Dios ni por sus santos. Pues como se lo digo a usted que es cierto. Usted sabe que don Liborio, al mismo tiempo que usted le regaló la suya, le regaló otra; no ha habido forma de que se pusiera la de don Liborio, ni por chirigota. Ahí la tiene tirada en un rincón. Esto para que usted vea y palpe si Rosario le tiene ley o no.

Luego que salió Andrés de casa de la Chirinos, ésta casi desatinada de alegría, más aprisa de lo que prometían sus años y achaques, subió la escalera del zaquizamí. Rosario, que sintió sus pasos, esperóla de pie y frente a frente, quizás juzgando fuese su enojado amante y apenas la vio, dijo en tono de profunda reconvención:

-Madre, ¿qué ha hecho usted?

-Mi deber, hija, el deber de no dejarte desamparada en el mundo, cuando yo me muera.

-¿Y el deber le manda engañar a un hombre que no me ama, ni ya puede amarme?

-¡Jesús! Rosario, cuidado que hay pocas mujeres más tercas que tú. Si tú hubieras oído expresarse a Andrés. . .

-Yo a quien he oído es a usted, por cierto que no ha dicho palabra de verdad. ¿Por qué ha de comprometerme usted, mamita? ¿No le he dicho cien veces; que no quiero nada con ese hombre, que le aborrezco, que es imposible ya que nos reconciliemos, que haya amistad siquiera entre nosotros dos? ¿Por qué le da usted esperanzas que no han de verse realizadas?

-¿Quieres callarte y no ser tonta, muchacha? ¿Qué sabes tú de mundo? ¿Si te estás muriendo por él a qué negarlo? ¿Piensas que yo no te conozco? ¿Me vendrás a engañar tú ahora, que naciste ayer como quien dice? Andrés te ama, sí señor, yo se lo he conocido. Desea huir de ti, no lo niego, pero el amor que te tiene le trae, a tu sombra como la luz de la vela a la mariposilla. Déjate querer, boba escrupulosa, cuando precisamente está el pobre hombre que se le cae la baba. Dices que arriba y que abajo, que ya él no te quiere, que te ha olvidado y que sé yo cuántas cosas más. Pues sábelo, simplona, ahora es cuando Andrés está más seguro, ahora es de nosotras, le tenemos rendido, podemos hacer de él lo que nos diera la gana. Por resentida que estuviese Rosario de la conducta esquiva de Andrés, no era posible que, habiéndole amado con la fogosidad que le amó, antes y después de su matrimonio, permaneciese insensible a las persuasiones y halagos de seña Caridad Chirinos, en quien debía suponer mayor experiencia, conocimiento del corazón humano y de lo que llaman mundo. Empezó pues a concebir risueñas esperanzas de volver a ser para Andrés lo que había sido uno o dos meses antes, creyó dignos de disculpar sus desvíos, mediante que ella misma no se juzgaba exenta de alguna falta y fue tanto ascenso a las sofisterías de su madre, encaminadas a que la muchacha contribuyese cándidamente a realizar la infernal venganza que meditaba.

No estaba dando más que el primer paso. La maldita vieja, con la presteza del rayo, pocos momentos después de aquella conversación con su hija, tomó una mantilla blanca y salió a la calle en busca de don Liborio, única persona en quien había depositado el secreto de su plan, como la única capaz de ayudarle a llevarlo a cabo.

XX

La víspera de un día de fiesta, al caer de la tarde, Rosario Valdés, vestida con su mejor túnico y adornada con sus mejores aretes y sortijas, se hallaba sentada en el poyo de la ventana de su casa, callejón de la Samaritana.

Íbase desterrando entonces, hasta de las mujeres de la clase baja del pueblo, el uso del colorete y albayalde, lo mismo que el de las flores de trapo; y nuestra joven, que como todas las de su edad, era muy aficionada al polvo blanco que hacen de la cáscara del huevo triturada y dicen aquí cascarilla, no pudo resistir la tentación de untarse un poco (ésta es la frase usual) por el rostro, hombros y senos y adornarse la cabeza con un ramo de flores que aquella mañana había comprado, atenta a que su madre le dijo que a las once debían de hacer juntas una visita y dar un largo paseo.

Con esto, la muchacha estaba hermosa a maravilla. Su cabello negro y luciente, como las alas del totí, contrastaba mucho con la blanca tersura de su cutis, que sonrosado hacia las mejillas, íbase desvaneciendo poco a poco hacia los carrillos de la frente y volvíase a encender en los labios gruesos, pero húmedos y de las de ángel, que son los de más bella forma. Su túnico blanco, sobre lo corto, tenía pintada por ella misma una guirnalda de colores varios al canto del dobladillo: traía al cuello un collar de ámbar y en lo alto de la cabeza una peineta de carey, de las llamadas de caracol, nueva, bruñida, brillante como el oro y calada con tal primor que parecía bordada sobre punto de flandes.

Acaso la idea del paseo, que en viniendo la noche debía dar en compañía de su madre, el convencimiento de que era hermosa y de que aquella tarde los adornos habían añadido gracia a las que el cielo se sirvió dispensarle a manos llenas, la hicieron olvidar de sus antiguos motivos de pesadumbre, lo cierto es que se sentía alegre, contenta, satisfecha, sin que ella misma supiera darse cuenta de aquel estado poco común en su alma naturalmente melancólica, antojadiza, displicente.

La vieja Chirinos, vestida de limpio, abrigada con un gran pañuelo blanco, silenciosa y pensativa, también se hallaba por allí inmediato a su hija. El aire grave y siniestro de esta mujer, que imitaba al de las aves de rapiña cuando están en reposo, su postura encorvada, el color bronceado de su rostro y manos, únicas partes de su cuerpo entonces visibles, al lado de las gracias, juventud y belleza de Rosario, ofrecían el aspecto de la muerte y la vida, el crimen y la inocencia en repugnante compañía.

Al parecer nuestras dos mujeres habían sostenido una larga conversación, así se colige al menos por las últimas palabras de la Valdés que dirigió a su madre después de una breve pausa, cual si dijéramos cinco minutos después del momento en que se la presentamos al lector sentada en el poyo de su ventana.

-Bien me decía él, madre, que se había casado por fuerza, por necesidad, por salir de su padre, hombre malo y cruel, que le obligaba a trabajar como un negro, desde por la mañana hasta la noche y luego no le dejaba salir a la calle. Usted no sabe lo contenta que estoy.

-Y debes de estarlo, hija mía -repuso la vieja sin mirarla ni cambiar de postura-. Las mujeres como tú no tienen otro patrimonio que su reputación, si ésta la pierden queriendo a este, y al otro hombre, paran mal, muy mal, hija mía, porque en ninguno se fijan, de ninguno obtienen un verdadero cariño, y todos se creen autorizados para engañarlas y despreciarlas y luego que se fastidien. Llévate esto por delante: la mujer que desea gozar en el mundo debe poner su cariño en uno o dos hombres nada más; esto es, en uno o dos hombres que ya conozca a fondo y que esté convencida son constantes en sus afectos. Lo que te sé decir, Rosario, es que muy pocas mujeres aprenden desde temprano a vivir en el mundo, casi todas pasan por muchos desengaños, experimentan muchos chascos y cuando adquieren experiencia ya son viejas, ya nadie les hace caso. Tú debes dar gracias a Dios por haber conservado los días de tu madre para que te quiera y comunicara cosas importantes de la vida, que tú no aprenderías sino muy tarde, a la hora que de nada te servirían.

-Mamá -interrumpió de pronto la muchacha, que habiendo sacado a la sazón la cabeza por un postigo de la ventana, miraba a lo largo de la calle-, mamá, ¿usted no sabe como me parece que él viene por la esquina?

-¿Sí? -dijo la vieja y su semblante y cuerpo todo momento antes al parecer inanimados, impasibles, se animaron y se pusieron en movimiento-. Pues recíbelo tú interín, yo voy allá arriba.

-¿Me deja usted sola?

-¿ Cuándo le has tenido tú miedo? -replicó la Chirinos en tono burlón e irónico.

-Pero ya usted ve que no hay luz aquí.

-Para conversar no se necesita luz.

-¡Madre! -exclamó Rosario enfadada de ver sus: modos y de oírla expresarse en unos términos tan ambiguos y maliciosos-. Yo de quien tengo miedo es de usted, de usted que parece espirituada hoy.

-¿De mí? -repitió la vieja riendo-. No hables desatinos, muchacha: yo vuelvo ahora.

Al mismo tiempo y sin añadir más palabra subió la escalera del zaquizamí, corrió a la ventana o claraboya que dijimos daba a la calle, asomó por ella la cabeza y se puso a observar cuando entraba en su casa la persona que aguardaban. Y no bien metió dentro un pie, quitóse con presteza el pañuelo blanco del cuello, agitólo en el aire dos o tres veces y como fatigada de un esfuerzo más moral que físico, se dejó caer en un sillón hondo de campeche, allí inmediato.

La muchacha, así que desapareció su madre de la sala, fue a la mesa que había debajo del cuadro de san Rafael para encender la vela. Empezaba a brotar la luz entre los dedos y a iluminar su apacible y agraciado rostro, a tiempo que la persona de que hablamos llegó, la rodeó con el brazo izquierdo por la cintura e imprimió sobre su carrillo derecho un beso.

-¿Me esperabas? -le preguntó luego con blanda expresión de cariño.

-No -contestó ella sin dejar su ocupación ni esquivar los halagos-. Mamá me dijo que tú no vendrías hasta mañana.

-Es verdad que así se lo prometí, pero no he podido resistir al deseo de verte.

-¡Falso! -exclamó la Valdés en tono de amable reconvención-. ¡Falso! No hay quince días que no querías saber ni del santo de mi nombre.

-Entonces estaba yo equivocado, alma mía, estaba, te lo confieso, celoso de ti, enojadísimo y a la verdad justamente; al menos las apariencias eran que no te disgustaban del todo los obsequios de don Liborio. Mas ya me he desengañado que ese hombre indigno procedió contra mí por rabia de que tú no le hacías caso, que estás inocente de todo y que eres la única mujer que sabes amarme, cual desea mi corazón.

-No debía dar ningún crédito a tus palabras, porque el que engaña una vez engaña ciento.

-¿Y yo te he engañado, cielo mío? ¿Cuándo? ¿En qué? No llames engaño lo que fue dolor; sentimiento, cólera de la equívoca conducta que me pareció usabas conmigo, tú, mi primer amor, el ídolo de mi alma, por que he padecido tanto y por quien he hecho las únicas locuras de mi vida.

-Andrés (porque Andrés era) -dijo la muchacha sonriendo-, el que desee huir de ti debe principiar por no oír tus disculpas.

En aquella misma sazón bajaba seña Caridad la escalera del zaquizamí y como puede imaginarlo el lector, la muchacha volvió el rostro asustada y el mancebo recogió la irrespetuosa mano.

-¡Oh! ¡señor mío! -exclamó la vieja haciéndose de nuevas-, ¿tanto bueno por acá? Me alegro mucho.

-Para servir a usted, seña Caridad -contestó el oficial de peinetero en tono seco, quizás porque le había interrumpido en lo más agradable de su coloquio amoroso con Rosario.

-No vengo a escuchar la conversación de ustedes -añadió la Chirinos viendo que se estaban quedos y callados como dos santos-, pueden ustedes seguir.

Y derecho fue a la ventanilla donde se echó de bruces con las espaldas vueltas enteramente hacia el sitio que ocupaban todavía de pie y arrimados a la mesa Rosario y Andrés. Estos continuaron su plática en voz muy baja, en tanto que la vieja los atisbaba al descuido, pero sin dejar de ver la calle, en donde ya hacía noche y algo tenebrosa a pesar de los faroles a aquella hora todos encendidos.

Cerca de las ocho, a favor de la especie de aurora rojiza que formaban los dichos faroles hasta la altura de las goteras, a seña Caridad parecióle distinguir una cosa blanca, que ya aparecía ya desaparecía, cual un espectro, a lo largo de la calle. A medida que se iba acercando el bulto blanco, fue reconociendo el vestido de una mujer, luego la manta con que se cubría la cabeza, hasta que advirtió que era seguida de un muchacho y de un carruaje. Así que estuvo aquélla a veinte pasos de su casucha, juntó una hoja y por última vez echó una mirada furtiva hacia el bello grupo que formaban su hija y Andrés abrazados y olvidados quizás de que alguien podía observarlos.

En ese momento resonó en la calle un hondo gemido, al cual se siguieron los pasos precipitados de un hombre, la carrera de un carruaje y los gritos de un muchacho que decía:

-¡Para, para, calesero!

-¿Qué es eso? -preguntó Andrés azorado.

-Nada -contestó la vieja acabando de cerrar la ventana-, nada, una mujer borracha que venía por la calle, parece que se cayó ahí junto y se la llevan en una volanta para su casa.

-La voz del muchacho no me es desconocida -replicó Andrés yendo a la puerta.

-Puede ser -dijo la Chirinos, cuya respiración era cada vez más ronca.

-El muchacho perseguía la volanta -añadió Andrés-. La alcanzó. .. Sube a la zaga. .. Ha doblado la esquina. Voy a ver.

Y partió.

XXI

Confesamos con todo el candor de un aprendiz de novelista, que este capítulo, como el último, como el desenlace del pequeño drama doméstico que hemos procurado trazar, es el que más nos ha hecho discurrir y por eso habrá advertido el pacífico lector que se lo presentamos con dos días de atraso, porque escribiendo a la usanza de los folletinistas de la actual época de progreso no habíamos calculado que podrían faltamos las fuerzas, allí donde el negocio se hiciera más peliagudo.

Y según decimos de nuestro cuento, era preciso que Andrés hubiera perdido enteramente la memoria para desconocer la voz del muchacho, que en el final del capítulo anterior referimos, que tras del carruaje iba gritando: -¡Para, para, calesero! También referimos entonces, que aquél montando a la zaga de éste doblaron la esquina inmediata a la casa que habitaba la Chirinos, lo que dio ocasión a que el oficial de peinetero los perdiese de vista por pronto que estuvo en partir a su alcance, pues el carruaje iba despedido.

Dejemos a nuestro oficial vagando por las calles y mediante la virtud que nos hemos arrogado, alcancémosle nosotros y no nos contentemos con subir a la zaga, sino que metámonos dentro por el postigo, cosa hacedera y no nueva, siendo así que no se usan vidrios en los carruajes del país.

A tiro de ballesta se conocía que el de que hablamos era de alquiler no sólo por su hechura, su carencia total de adornos y el calesero sucio, con sombrero gris de puro viejo, la chaqueta raída y sin galones, las botas de campaña y llenas de lodo, mas también por la montura encaramada encima de cuatro sudaderos desvencijados y todo encima de un caballo flaco, huesudo y hambriento que tiraba de él, verdad es, con bastante rapidez, pero con aquella rapidez que imprime un látigo siempre chasqueando. Dos personas lo ocupaban: un hombre y una mujer. Ésta, desmayada, vestida de blanco, cubierto el rostro con una manta negra de seda; aquél, vestido de chupa, pantalones de color y sombrero de paja, sosteniéndola en sus brazos y contemplándola con cierta especie de respeto, mezclado de salaz alegría.

El carruaje dicho que dobló a la calle de Compostela, en la esquina próxima volvió a doblar hacia la de Luz, que subió hasta la de Curazao, por la cual corrió todo derecho hasta salir a la muralla del sur, tras Aserradero. Allí se detuvo de improviso frente a una casa pequeña, o mejor dicho accesoria, según llaman aquí a las posesiones bajas añejas de las casas altas. En el instante se apeó el hombre del sombrero de paja, trayendo en brazos la desmayada, con la misma facilidad que si fuera un chiquillo, pegó un puntapié en la puerta, saltó la tranca con que estaba asegurada por dentro, las hojas se abrieron de par en par, cerráronse otra vez tras los desconocidos y el carruaje vacío tornó a emprender su carrera por la muralla adelante.

Acercó el hombre dos sillas, sus asientos, arrimólas a la pared y entre ellas colocó la mujer para que no se cayera, mientras él encendía la luz; lo que hizo en breve, aunque para ello se sirvió del antiguo método de la piedra, el eslabón, la yesca y la pajuela. Después trajo agua en una vasija de barro bermejo, roció con ella el pecho de la desmayada, que a la impresión fría del líquido, recuperó sus sentidos exhalando un largo suspiro. Revolvió en torno los ojos, como espantada, y el examen rápido que hizo de aquella casucha le causó más horror; porque fuera de que estaba toda desmantelada, no tenía más ventana que la estrecha que hacía a la calle, e interiormente dos puertas, una para salir al patio, y otra de comunicación con él, que más parecía boca de cueva que puerta; además, todas sus paredes se veían manchadas de columnas de humo de vela, cual si careciendo de candelero y de mesa donde colocarla, hubiesen hecho frecuente uso de aquéllas; y las telarañas casi habían ocultado el techo y rincones.

Cuando terminó el examen de la casa, la mujer echó una ojeada sobre el hombre que allí la había traído y que entonces de pie, frente a frente de ella, la contemplaba en silencio profundo con. centelleantes ojos, no pudo menos de taparse la cara, aunque ahogó el grito de espanto que iba a escapársele.

En efecto, difícilmente pudiera darse un hombre cuya presencia infundiera más miedo y repugnancia a una mujer delicada que la del desconocido. Vestía de chupa y pantalón de color, según dijimos más arriba, pero no traía chaleco ni corbata y el cuello y pechera de su camisa, que parece pocas veces los habría abrochado, dejaban ver un pecho y pescuezo negro, lo mismo que las manos y los carrillos, pues los vellos le brotaban hasta por los ojos y le daban el aspecto de un oso. Sus pobladas cejas, sus mejillas rojas, como sangre, su postura y aire desfachatados no eran menos repugnantes: conjunto de malicia y grosería de que debía formar triste idea una mujer, naturalmente tímida y débil, entregada a su merced.

-¿Dónde me ha llevado usted? -le preguntó ella sin mirarle la cara.

Y viendo que no le respondía ni se meneaba enderezóse de súbito, corrió a la puerta, en ánimo de escaparse. Pero el velludo, sin más que ponerle una mano en el hombro, la hizo dar una vuelta en sentido contrario de la dirección que había tomado.

-¿Por qué me detiene usted? ¿Qué quiere usted conmigo? -tornó a preguntarle, mirándole entonces faz a faz, cual si de todo punto le hubiese perdido el miedo.

-Sosiéguese un poco, niña -contestó el desconocido sonriéndose-, y hablaremos.

-Pero abra usted la puerta. Yo no quiero estar aquí... Este encierro me ahoga... Déjeme usted ir.

-Buen mentecato sería yo si el pájaro que cayó en mi trampa le dejara ir libre sin arrancarle siquiera una pluma del ala.

-¿Llevará usted su osadía hasta?..

-No soy osado, niña -la interrumpió con precipitación el hombre-, sino justo. Amigo de cobrar lo que se me debe y pronto...

-¿Y qué le debo yo?

-¡Oh! un servicio importante que no se paga con cualquier cosa, con un "doy a usted las gracias", no, señora.

-Bien: le daré a usted el dinero que guste.

-¡Dinero! ¡dinero! -repitió él con mofa-. ¿Y para qué quiero yo el dinero? ¿Te figuras que me falta dinero? Tengo más dinero que granos de arroz dan por un real. Escucha, escucha -y se sonaba los bolsillos de los pantalones-. Demasiado sabes tú que no es dinero lo que busco ni lo que pido en pago del sacrificio que acabo de hacer por ti.

-Usted no ha hecho nada por mí, absolutamente nada.

-¡Ingrata! ¡Dejarías de ser hembra!... ¿Conque nada, nada he hecho por ti? ¿Y quién te fue a avisar que tu marido te la pegaba? ¿Quién te guió a la casa de su querida? ¿Quién, exponiendo su pellejo, te ha traído hasta aquí para que no te cogieran en la calle y te estropearan? ¿Te parece poco?

-Me reclama usted como un servicio, hombre infernal, lo que sólo ha servido y servirá para mi eterna condenación, para quitarme la tranquilidad y acaso la vida. ¿No estuviera yo ahora en casa sosegada si usted no me hubiera ido con el chisme de que mi marido se hallaba allí, con esta y la otra mujer? En vez de gratitud merecía usted la muerte.

-¿Y tú no me encargaste que te lo avisara? ¿Te olvidas que me lo encargaste, o finges olvidarlo para no estarme agradecida? Pero ésa es maña vieja, niña, y conmigo no vale. Ya soy yo perro viejo para que tú me engañes, tú, que aún no has mudado el colmillo, que viniste ayer al mundo. Lo prometido es debido.

-Yo no le he prometido a usted nada: usted se equivoca. ¡Oh! ¡por el amor de Dios, no abuse usted de la debilidad de una pobre mujer!... -exclamó ella cayendo de rodillas, como delirante, en tono de humilde súplica y con los ojos bañados en lágrimas, pues conoció que el desconocido iba a pasar de las palabras a las obras, porque se reía y le brillaban los ojos cual lumbre y se le ponían los mofletes cada vez más bermejos.

-Ganas me estaban entrando de dejarte así por algún tiempo, porque nunca me has parecido tan interesante como ahora; sin embargo, conozco que no soy el mejor santo para que tú me ruegues de rodillas. Tú no mereces estar ahí en el suelo, sino aquí en mi pecho, en mi corazón.

Esto diciendo se inclinó sobre la joven con los brazos abiertos o para levantarla o para abrazarla, mas ella impeliéndole violentamente le hizo dar un traspié y con la rapidez del rayo se abalanzó a la puerta a tiempo que ésta se abrió con gran estrépito, le pegó en la frente y la derribó en tierra, junto con el velludo que corriendo en su alcance recibió una pedrada en el pecho y quedó tendido de espaldas. Todo fue instantáneo.

Un hombre y un muchacho penetraron allí: aquél, saltando por encima de la mujer, cayó como un tigre sobre el velludo, le puso un pie en la garganta y con el otro le aplastó las narices, por las cuales saltó un chorro de sangre: el muchacho, llorando y gritando: ¡Hermana mía! ¡hermana mía! se abrazó con la mujer, en quien el lector ya habrá reconocido a Dolores, así como a Andrés, su esposo, en el recién llegado y a don Liborio en el derribado y maltratado mofletudo.

A la bulla acudieron algunos vecinos y el comisario de policía con sus corchetes, que ataron fuertemente "al vendedor de ropa", todavía sin conocimiento y hubieran ejecutado lo mismo con Andrés, figurándose que aquella había sido un riña de dos bribones por la posesión de una mujer de la vida airada, si no hace la casualidad que entre los circunstantes se hallan personas de respeto que abonan por aquél y por ésta, atestando que eran casados y de honradez. Desde allí, habiendo tomado los preliminares informes del hecho llevaron a don Liborio a la cárcel y Dolores, llena de vergüenza y de dolor y el hermanito suyo, de que hablamos en los primeros capítulos de nuestra historia y que en aquella aciaga noche sirvió de norte a Andrés para dar con el sitio a que había arrastrado a su esposa aquel hombre perverso, se volvieron a casa de doña Margarita, que los recibió, figúrese el lector, con las manos en la cabeza y con el grito en el cielo.

Andrés, con esta terrible lección quedó si no curado al menos escarmentado de amores ilícitos, pues en un tris estuvo que su esposa no experimentara la brutal violencia de un hombre soez: y a Dolores no le quedaron más ganas de inquirir dónde iba su marido, ni de dónde venía, aunque es cierto que tantos sustos, golpes y desgracias le robaron la salud y al poco tiempo la vida, una vida consagrada al sufrimiento y a las lágrimas, pues parece que, como muchas de su sexo, nació para la víctima del hombre.

Cierto que don Liborio traspasó los límites del convenio que había celebrado con seña Caridad Chirinos, para turbar la tranquilidad de Dolores, pero aunque no se hubiera excedido, como del suceso resultó que Rosario le cobró doble aborrecimiento, pues perdió para siempre a Andrés, su ídolo, que la juzgaba cómplice del atentado contra su esposa: luego que salió de la cárcel, que fue a los seis meses, en una riña que tuvo con la vieja, por resultas de la falta de su compromiso, le pegó una paliza tan fuerte que le ocasionó la muerte en el convento de Paula a donde por misericordia la llevaron.

De todos los personajes de nuestro cuento el que resultó mejor librado no hay duda que fue Rosario Valdés: su inocencia le sirvió de escudo y ángel guardián.

Ella amó sinceramente a Andrés soltero y aunque continuó amándole casado, ni estaba en su arbitrio mudar de pronto sus afectos, ni hubieran sobrevenido las desgracias que luego sobrevinieron si a seña Caridad no se le hubiera antojado vengarse de Andrés, de cuya debilidad de carácter se prevalió la maldita vieja para arrastrarlo de nuevo al lazo que le tendió con tan buena maña como éxito. El autor cree sacar esta moralidad: el lector sacará la que le parezca o lo que alcance: podemos decirle entretanto lo que los muchachos en cierto juego: "Colorín, colorado, mi cuento está acabado y el tuyo no está empezado."